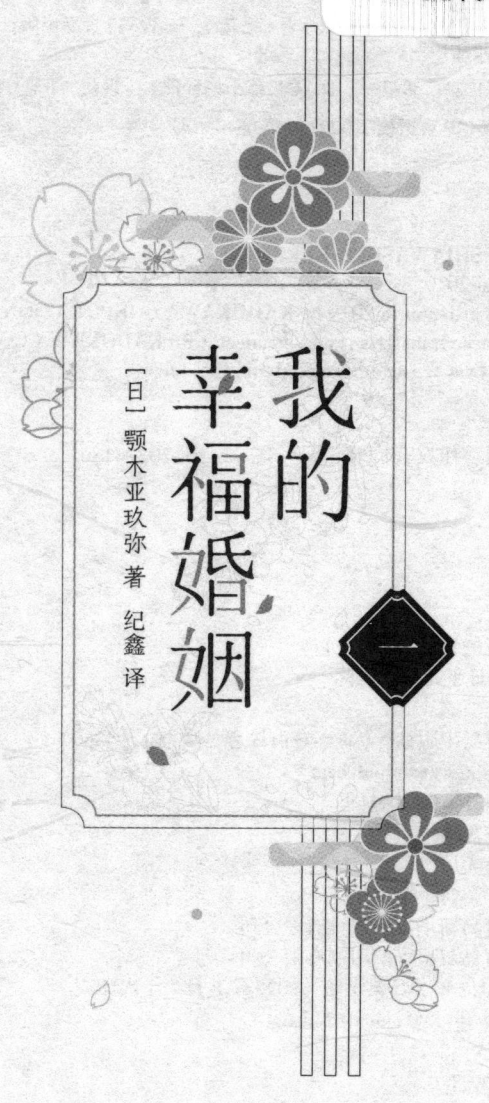

我的幸福婚姻

[日]颚木亚玖弥 著
纪鑫 译

一

青岛出版集团 | 青岛出版社

图书在版编目（CIP）数据

我的幸福婚姻 . 一 /（日）颚木亚玖弥著；纪鑫译 . — 青岛：青岛出版社，2022.8
ISBN 978-7-5736-0197-1

Ⅰ.①我… Ⅱ.①颚… ②纪… Ⅲ.①长篇小说—日本—现代 Ⅳ.① I313.45

中国版本图书馆 CIP 数据核字（2022）第 064056 号

WATASHI NO SHIAWASENA KEKKON Vol. 1
©Akumi Agitogi 2019
First published in Japan in 2019 by KADOKAWA CORPORATION, Tokyo
Simplified Chinese translation right arranged with KADOKAWA CORPORATION, Tokyo through East West Culture & Media Co., Ltd.

山东省版权局著作权合同登记号　图字：15-2022-18

书　　名	我的幸福婚姻（一）WO DE XINGFU HUNYIN (YI)
著　　者	［日］颚木亚玖弥
译　　者	纪　鑫
出版发行	青岛出版社（青岛市崂山区海尔路182号,266061）
本社网址	http://www.qdpub.com
邮购电话	0532-68068091
策　　划	左美辰
责任编辑	左美辰
装帧设计	半　竹　栗　子
照　　排	青岛新华出版照排有限公司
印　　刷	青岛双星华信印刷有限公司
出版日期	2022年8月第1版　2022年8月第1次印刷
开　　本	32开（890 mm×1240 mm）
印　　张	6.5
字　　数	127千
书　　号	ISBN 978-7-5736-0197-1
定　　价	39.00元

编校印装质量、盗版监督服务电话　4006532017　0532-68068050
本书建议陈列类别：日本文学　轻小说　爱情小说

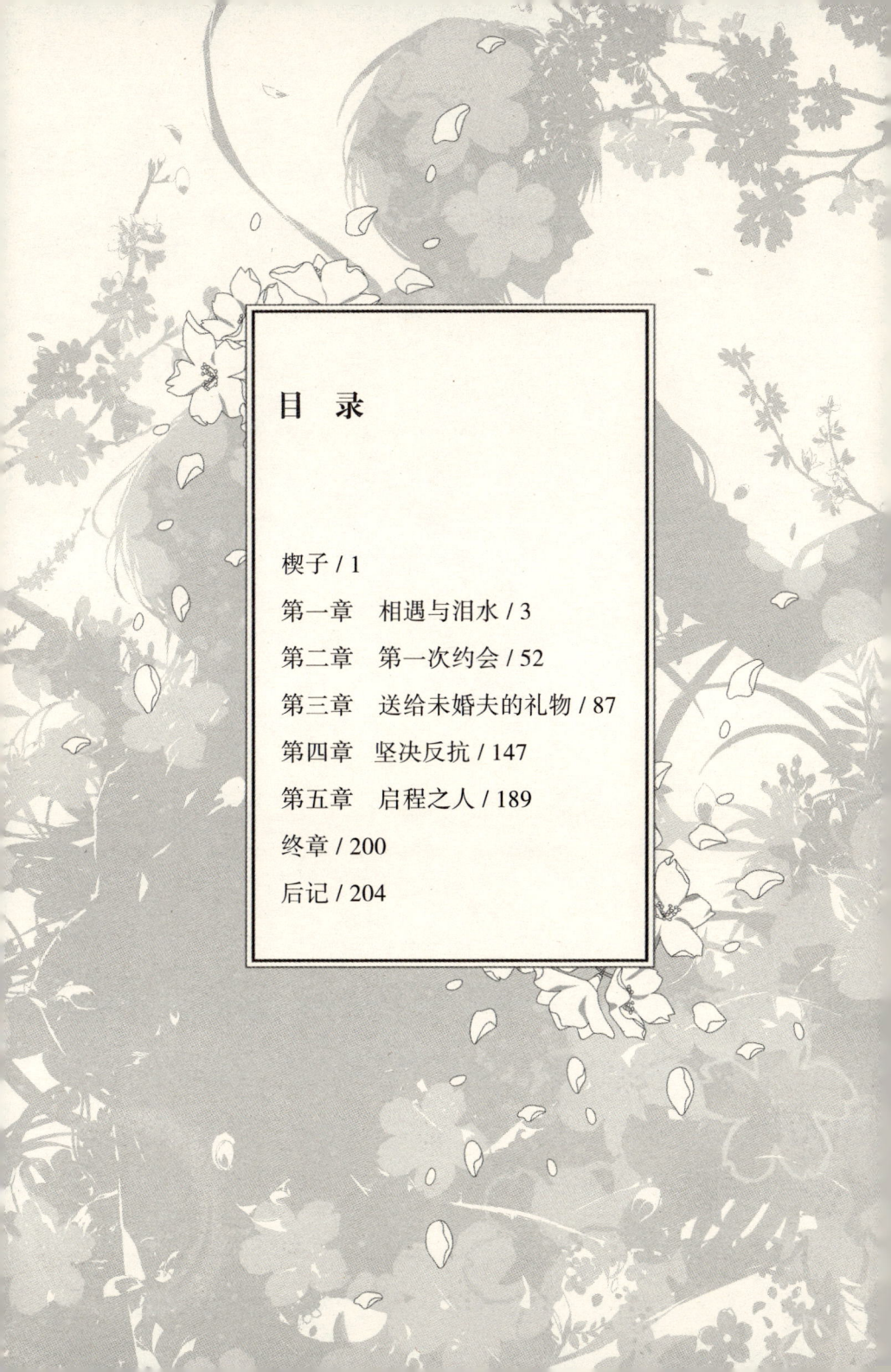

目 录

楔子 / 1

第一章　相遇与泪水 / 3

第二章　第一次约会 / 52

第三章　送给未婚夫的礼物 / 87

第四章　坚决反抗 / 147

第五章　启程之人 / 189

终章 / 200

后记 / 204

楔子

"初次见面,我叫斋森美世。"榻榻米上,美世尽可能优雅地行礼道。

陌生人家的气息扑面而来,夹杂其中的灯芯草的清香倒是早已熟悉。美世很清楚自己不受欢迎,但至少不想被认为不懂礼数。

"……"

这位订婚对象——即将成为自己夫君的男子,盯着桌案上的不知什么书卷,连眼皮都没抬一下,仿佛根本没注意到她的存在。见对方没反应,美世就一直躬身俯首一动不动。好在她早就习惯了被无视甚至被置之不理。总之,在陌生环境中与陌生人初次见面,与其轻举妄动,还不如这样稳妥。

"你要那样到什么时候?"

不知过了多久,一个低沉冰冷的声音从头顶落下来。美世这才第一次仰起脸与其四目相视,但旋即又将头深深垂下。

"对不起!"

"……没要你道歉啊!"

自己这位英俊的未婚夫"唉"地长叹一声说:"抬起头来!"

美世再次仰起脸,清晰完整地映入眼中的未婚夫久堂清霞远比想象中的要俊朗。

瓷器般光洁无瑕的白净肌肤、近乎透明的淡茶色长发、泛着绿光的深邃眼眸,打眼看去,此君肤色浅淡,与颀长的身形相得益彰,有种令人难以相信这竟然是个男人的虚幻之美。完全看不出他就是那个传说在军中看谁不顺眼便肆意斩杀的冷酷无情之人。

不过,美世暗忖,人不可貌相,外表漂亮内心狠毒的人并非不存在。对于这点,美世深有体会。想必他也是那类人吧!因为此前听说已有多名女子熬不过三天便断了跟他结婚的念头,逃之夭夭了。

美世已无路可退、无家可归、无依无靠,因此无论身陷何种痛苦境遇,都只能在这里坚持下去……

第一章　相遇与泪水

斋森一家住在位于帝都的一套宽敞的纯日式宅院里。跟其他名门一样,斋森家的早晨也是从全家人聚在居间①悠闲地享用早餐开始的。

可惜,一声尖叫将这清爽宁静的空气划破。

"这是什么呀!"

"啪嚓"一声,滚烫的液体淋到了美世的脸上和胸前。美世哼都没敢哼一声,急忙将额头伏在地上。

"又来了。"周围的用人们不禁将脸拧向一边,不忍直视这一场面——手持茶杯、柳眉倒竖、美貌绝伦的妹妹和跪伏一旁、衣着破旧、用人装束的姐姐。

"这茶,苦得没法喝!"

"对不起!"

"马上再沏!"

---

① 居间:起居室。

其实茶的味道跟往常完全一样。

面对异母妹妹的刁蛮任性,美世应了声"遵命",一副仆人模样,垂着头脚步匆匆地跑向厨房。

"真是的,连茶都沏不好,也不嫌丢人!"

"可不是嘛!成何体统!"

身后传来异母妹妹和继母的冷嘲热讽,美世也只能装作没听见。尽管亲生女儿连遭奚落,父亲却仍旧一副满不在乎的样子继续吃喝。这情形已持续多年,美世早就不指望父亲什么了。

这个国家自古就有异形出没。所谓异形,就是形似人或动物,具体样貌却难以言说,而且没有固定样态的东西。这种东西会呈现出各种奇形怪状的模样,又被叫作"鬼"或"妖",一直为害人间。征讨这些异形的是拥有超常能力的异能者,历代异能者都出生于一些特殊家庭。

异形只能被拥有"见鬼之才"的人看到,他们只需使用异能攻击异形,便可将其歼灭。由于这种特殊性,异能者们深得帝王信赖,长期以来一直备受重用。

斋森家身为名门,历史悠久,也是有异能传承且因功绩显赫而兴旺延绵的家系之一。美世是斋森家的长女。

美世父母的婚姻属于政治联姻,两个家系都拥有异能,为将这特殊的血脉保留下来,哪怕只稍稍浓厚一点点,双方结了亲。再怎么不情愿也无法违抗家里决定的父亲只得与当时的恋人含泪分手,勉强答应了这门婚事。这对毫无爱情可言的夫妻生下的女儿就是美世。

在最初的几年里,美世似乎的的确确被宠爱过,虽然她记不清了,但据说当时的父亲和蔼可亲,母亲也视美世为掌上明珠。不幸的是,美世两岁时母亲染病身故,父亲与曾经的恋人再婚,之后一切就都变了样。

继母把所有怨恨都发泄到了美世身上,因为美世是那个令她与恋人痛苦分离的女人的女儿。父亲因同意政治联姻而自感愧疚,对继母百依百顺。或许到底还是与自己心爱的女人生下的女儿更可爱,随着异母妹妹的诞生与长大,父亲对美世愈发不愿理睬了。

异母妹妹香耶远比美世聪明漂亮,更重要的是她甚至拥有美世都不具备的见鬼之才。因此没过多久,她就跟继母一样不把美世放在眼里了。

美世今年十九岁。若是一个普通人家的姑娘,早就到了谈婚论嫁的年龄。可地位连用人都不如的美世,因拿不到工钱,别说没有积蓄,连家门都不能自由出入,自然也就没人来提亲了。

"让您久等了。"

美世将重新沏好的茶放在香耶的餐盘上,异母妹妹一言不发,只是用鼻子哼了一声。看来一辈子都只能这样如奴仆般老老实实地劳作了。美世早已心灰意冷,对一切都不再抱有希望了。

等父亲和继母、异母妹妹用罢早餐,美世跟用人们收拾完碗筷,接下来又开始清扫玄关门前。

美世不怎么打扫院里,因为万一不小心跟继母或香耶碰上面,再被她们吩咐做点什么事的话,很容易惹祸上身。用人们对此也都心照不宣,算是照顾美世吧,分给她的家务活一般都是浆洗衣物或打扫院外。在继母和香耶没有外出安排的日子,美世打扫玄关门前时多少也能感到轻松点。

"午安!"

这天快到中午时,美世正闷头扫地,突然有客来访。

"啊……幸次君,午安!"

美世躬身一礼,面前是位眉梢下垂面带微笑的青年——辰石幸次。他身着笔挺得体的西装三件套,端正的面堂上带着一脸和善的笑意,来人正是辰石家的次子。辰石家跟斋森家一样,自古就有异能传承,宅院相距也不远。幸次跟美世和香耶都算是总角之交。最关键的是,幸次视美世为斋森家的正牌千金小姐。因此,在美世眼里,他是可以信赖的。

"今天天气真好啊,特暖和!"

"是啊,洗好的衣物干得也快!"

美世现在只有跟他才能这样无拘无束地聊上几句。

在美世被当作用人使唤后,他曾多次试图改变这种状况。

结果,被辰石家的当主①——幸次的父亲——责骂道:"莫管他人瓦上霜!"之后,虽然幸次不再公开庇护美世,但美世清楚他是站在自己这边的。

"噢,对了对了,一点小东西,不成敬意,可以的话请收下!"

"是……点心吗?"

美世接下幸次递过来的用漂亮的和纸②折成的点心盒。

"是啊,不好意思,不是眼下流行的洋点心,听说那种容易坏。"

"啊,没关系的,谢谢您啦!一会儿我跟用人们分着吃!"

"嗯,分着吃吧!"

聊到这里,美世忽地想到:"今天您来有什么事啊?"

幸次的着装看起来比以往来访时要拘谨得多,很少见他穿西装。对美世抛出的问题,幸次脸上掠过一丝阴云,似乎很尴尬地将头转向一边。

"啊,嗯。算是……有点要紧的事,来见令尊大人。对!"

这态度也很少见。尽管他性格比较沉稳,但说话一般不含糊其词。

美世心里正纳闷,幸次说了声"回头见",便急匆匆地进入院内。

到底有什么事啊?虽然心生疑问,但旋即断定与己无关,美

---

① 当主:一家之长或户主、掌门人。
② 和纸:日本纸。

世又握紧了扫帚柄。

美世虽然是斋森家的长女,可那也仅仅体现在户籍上。她是才能、学识、美貌一无所有,跟贫苦人家的丫头没什么两样。美世明白自己已经跟幸次活在不同的世界里了。

美世打起精神,从突然沉重下来的心情里挣脱出来专心扫地。这时,一个用人从院里跑出来,冲美世喊道:"美世小姐,老爷叫您呢!"

"叫我?"

"说是叫您马上进屋!"

"……啊,知……知道啦!"

不知为什么,美世有种不祥的预感。

平时,地位连用人都不如的美世不会在客人来访时被叫出来见客。对这意想不到的状况,美世心里充满了恐惧。

美世拖着颤颤巍巍的双腿好歹挪到屋门前。

"失礼了,我是美世。"

隔着拉门报上名字,父亲简短地应了句"进来",声音硬邦邦的。由于太紧张,美世搭在拉门上的指尖都冰凉冰凉的。

父亲跟幸次、继母、香耶都在屋里。

美世意识到事情果然对自己不利,但也只能不动声色地按捺住内心的恐惧,跟似乎一脸不悦的继母和异母妹妹拉开距离,在门口近旁坐下。

始终没向美世这边看一眼的父亲淡淡地开口道:"要说的事嘛,没别的,是关于婚事和家里今后的安排……美世,你也趁现在听听为好。"

"婚事"?光听到这个词,就令美世毛骨悚然了。

美世对即将发生的变化充满不安与恐惧的同时,也抱有一丝期望,说不定是让自己高兴的变化呢。不过很快,连美世都觉得自己的想入非非实在不可理喻。

所谓奇迹什么的那种美事儿根本不可能发生。

父亲的声音在静悄悄的屋内回响:"咱们斋森家决定招幸次君为上门女婿,继承家业。做他妻子一同持家的是香耶!"

啊,果然如此!

虽然做足了心理准备,美世还是感觉脚下仿佛突然裂开了一个大洞,恐怖、绝望,心里空空荡荡漆黑一片,也没留意到像是大获全胜而得意扬扬的香耶的表情。

美世早就意识到父亲可能在考虑招辰石家的次子幸次入赘,因此也在不知不觉中生出了一丝期盼。

或许是自己。

或许能跟自己唯一信赖的幸次结婚。

或许自己能被允许成为斋森家的女主人。

或许香耶会嫁到别的地方,姐妹二人就不必比来比去了。

或许像以前那样能跟父亲无话不谈的日子还会再来。

…………

这一切的一切,纯属痴心妄想啊!肯定全都无法如愿。

"美世,你也要嫁人了。婆家是久堂家,你要嫁给久堂家的当主久堂清霞大人。"

美世连抬起头来的劲儿都没了,深深地垂下头,用颤抖的声音答道:"遵命。"

"哎呀!很不错嘛!能嫁进那个久堂家!"香耶像是故意的,嚷嚷起来。

久堂家也是有异能传承的家系,人才辈出,异能高强者数不胜数,家族功勋无数,留下了许许多多的传说。地位、声望、财富,哪样都不是其他世家能够抗衡的。

但是,当主清霞也因冷酷无情而名震四方。有关此人的婚事更是有很多传言,据说好多良家女子跟他有过婚约,可进门后熬不过三天就逃之夭夭了。

这都是用人间的传言,美世多少也了解了一些,总之那人相当可怕。

父亲要把自己许配给这样一个男人吗?一旦离开这个家,父亲似乎也不打算再让自己跨进斋森家的门了。父亲肯定明白连女校都没上过的美世根本不可能把久堂家的当主侍奉周全,可还是作出了这种决定。

"对一无是处的你来说,这可是高攀了啊!咱可不能做出那种失礼的事来拒绝人家!"

继母看起来也相当得意。美世深知自己在她心里有多么碍眼。

"啊,当然不能拒绝!现在就收拾行李,收拾完马上去久堂大人府上!"

美世无言以对,脸上渐渐失去了血色。离开斋森家,自己心里或许会稍微轻松一点。然而,对将要嫁入的久堂家美世也无法期待什么。要么被早早地赶出家门,要么惹恼传说中冷酷无情的结婚对象而被砍死,说不定像现在这样被当作用人使唤还算好的。

在正式订婚前上门到结婚对象家里,熟悉熟悉对方家规,看看两人是否投缘,这种做法并不多见。但要嫁的对象是被认为极难与人相处的清霞,那采取这种措施就不足为奇了。即便这样,美世还是感觉眼前一片黑暗,自己已被彻底抛弃了。

美世心情沉重地走出房间,听到从后面追出来的幸次的喊声。

"幸次君?"

美世回头见幸次脸上带着一副此前从未见过的窘迫而又痛苦的表情。

"美世,对不起!我真没用,最终什么也做不了,现在弄成这样,该说什么好啊!"

"幸次君不必道歉,我只是命不好罢了。"

美世想笑笑让幸次放心,可脸颊像冻住了似的笑不出来。

说起来,上一次笑是什么时候啊?

"不对!不是命的问题!"

"没什么不对……算了,我没怎么把这当回事儿,说不定在婆家还会很幸福呢!"

想都没想过的事此刻脱口而出,像是在安慰对方的话毫无征兆、滔滔不绝地讲了出来。

"你,不怨我吗?"

幸次几乎要哭出来了。"为什么不帮我?"幸次希望美世这样责骂自己。他的这种心境是隐约可见的。

已经心力交瘁到没有更多气力顾及他人心情的美世淡淡地说道:"没什么怨不怨的,怨啊恨啊这些东西,我早就忘光了!"

"对不起,真对不起!我想帮你的,想像以前一样,还能跟你正常地说说笑笑。我,对你……"

"幸次君!"

忽然,香耶叫着幸次的名字从后面走过来。她的笑容非常美丽,却也隐含着非常可怕的不祥的什么东西。

"你们在聊什么呀?"

"……"

幸次咬住嘴唇把话咽了下去。

"没……没什么!"

名门出身、能力强、长相帅的幸次唯一的缺点就在这里吧,假如这算是缺点的话。

胆小,因为他太善良。

此时此地,如果他说出点什么,肯定会伤害到美世或香耶,他意识到了这一点,故而选择缄口不言。美世不知道他要说什么,而且事到如今她根本不想知道。即便如此,虽说无法根本性地解决问题,但被善良如斯的他几度解救也是的的确确的事实。

"幸次君。"

"美世?"

"一直以来,谢谢您了!"

美世现在能说的也只有这些。她已经太累了。

妹妹脸上挂着甜美的微笑,目送深鞠一躬头也不回的姐姐渐行渐远。

那天晚上,美世翻来覆去难以入眠。

区区一间约三块榻榻米①大小的用人专用房间里本来就没多少东西,即便把行李压缩到最低限度,屋里也几乎什么都不剩了。

以前归美世所有的衣物及亡母留下的遗物要么全被扔掉,要么被继母和异母妹妹拿走,其他贵重的细软之物也都归了她们。

说起美世现在的所有物,也就是自己的身体、用人的工装

---

① 文中房间面积约为 5 平方米。

以及从其他用人那里捡来的她们穿旧的便服和用旧的日用品了,再就是父亲今天发话后给的一套高档和服,理由似乎是去久堂家时衣装太寒碜有损斋森家声誉。此时美世终于明白,父亲果然是明知自己连一套能穿出门的衣裳都没有,可还是不管不问。

美世在自己早已盖惯了的薄被下辗转反侧睡不踏实,不知为何,过去的经历走马灯般一幕幕浮上眼前。幸福的回忆已相当遥远,记忆中只剩下痛苦与辛酸。明天还有以后也仍不会有幸福降临到自己身上,美世只是期盼自己的生命尽快完结,仅此而已,如同走在黄泉路上一般。虽是一通胡思乱想,可美世脸上连自嘲的表情都没有。

久堂家在拥有异能的家系中也算是名门中的名门。

有异能传承的家系大都历史悠久,自古就活跃非凡,哪一家都是声名远播,而久堂家尤为出众,位列名门榜首。爵位加身,资产庞大,据称久堂家在全国各地拥有广阔的领地,土地出租收入数不胜数。

当主名为久堂清霞,今年二十七岁,帝大出身,毕业后闯过士官录用考试难关,现在在军中获少校军衔,自领一支部队。如此年轻优秀,更有财富加身,这种人的生活一定极为奢华吧!

得到父亲指令的第二天,美世套上与自己单薄的身子极不相称的华丽衣裳,带着少得可怜的行李,早早地动身赶往清霞的住处。美世靠着一路打听,途中还搭乘了尚不熟悉的有轨电车,感觉好不容易才摸到他家附近。可是,无论如何她也没想到,大名鼎鼎的久堂家的豪宅竟然在郊外。

久堂家的当主就住在这么个地方……美世有些吃惊。尽管距市区不是很远,但此处森林环绕旱地较多,民房住户相对稀少。不难想象,这里跟闹市城区不同,夜幕降临后将是漆黑一片。

久堂家没派人来引路,这门婚事也没有媒人或介绍人。斋森家的用人陪美世走到半路,在快出市区的时候便回去了,只剩美世一人孤零零地走在偏僻的乡间小道上。

独行片刻,美世来到一座庵前,严格来说,这是一幢比庵稍稍大一点的独门建筑,周围环绕着一片静谧的树林。

虽说名门之主住在这样简陋的建筑中令人难以置信,但停放在不远处的汽车却毫不隐讳地宣告了此处住户的雄厚财力。

汽车基本上是进口货,价格非常昂贵,绝不是平民百姓能买得起的东西。由此断定,这里就是久堂清霞的居所。

"有人吗?"

美世战战兢兢地拍拍门,里面旋即传来应答之声。

"来啦来啦……咦,您是哪位?"

忽地探出头来的是位矮小的老妇人,一脸和善的样子。从衣着打扮上看,她应该是这家的用人。

"我叫斋森美世,受命来访是因为与久堂清霞大人订有婚约……"

"啊,是斋森小姐,等您多时了!"

在美世的想象中,主人冷酷无情,伺候他的用人肯定也如木偶一般,态度会更加冷漠木然,然而这位老妇人笑容可掬、语气温柔,反而令她有点不知所措。

"来,快请进,少爷在书房呢,我带您过去。"

美世被老妇人催促着踏进了久堂家的院门。里面比斋森家的宅院小很多,房屋都是木结构建筑,没什么损坏的地方,看样子年头不久。进院细看,相比外观,里面给人一种居住起来会很舒适的印象。

走在铺着木板的短廊上,老妇人告诉美世她叫百合江,从清霞小时候起她就一直代替双亲照顾他至今。她果然是久堂家的用人。

"……虽说有不少这样那样不好的传言,其实少爷待人可好啦,所以啊,用不着那么紧张。"

美世一直默不作声。百合江可能误以为美世太紧张,便语气温柔地安慰起美世来。

当然美世并没紧张到连话都说不出的程度,只是多年养成的习惯让她不愿主动跟人聊些超出必要限度的话或反问什么,因为她此前过的一直是说点什么就会被认为在顶嘴而遭受打骂的日子。

"谢谢您的关照。"

听百合江说话倒真是和善之人，但美世的心情并没就此轻松下来。和善也好冷漠也罢，从婚约破裂的那一刻起，美世就将无家可归，以后只能倒毙街头了。

不过，也许那样更好。死的时候或许很痛苦，但之后就不再痛苦，可以彻底解脱了。

美世被领进书房后深施一礼。

"初次见面，我叫斋森美世。"

"……"

婚约对象久堂清霞像是在桌案上摆弄着什么，连看一眼美世的意思都没有。没得到指示或许可，美世从来都是不敢擅自开口说话或随意行动的。因此，美世一直低着头，打算无论多久都等下去。

"你要那样到什么时候？"

听到头顶上传来低沉的声音，美世稍稍松了口气。还好，至少听到我说话了，不管怎样，能搭理我应该就算和善。

美世抬了一下头，旋即又深深垂下。

"对不起！"

"……没要你道歉啊！"

听到清霞的一声长叹，美世又抬起头。这次，在从窗口投射进来的春日柔和的阳光的映照下，他那俊朗的姿容映入眼帘。美世目光躲闪着不知往哪里看才好。

真是位俊美之人!

对于美人,美世已司空见惯。继母和异母妹妹都相当漂亮;包括幸次在内,辰石家的每个人都相貌堂堂。

不过应该说清霞有些与众不同,他既具备男性的凛然雄姿,又同时拥有女性的柔韧纤美。无论男女老少,肯定任何人都会夸他漂亮吧!

"你就是新来的未婚妻候选人?"

听到问话,美世点头说对。清霞一听,似乎很厌烦地皱起眉。

"听好,在这里,要绝对服从我说的每句话!我说出去你就得出去,我说去死你就得死,抱怨、反驳我一概不听!"

清霞恨恨地说完后又背过身去,美世有点失望地盯着他。美世都做好心理准备等着被他更无情地羞辱、痛骂一番了,怎么?就这?那马上答应!

"遵命。"

"啊?"

"还有……别的吗?"

"……"

"啊,那我出去了。"

见回过身来的清霞虽然一脸不解,却也没有再说什么的意思,美世就此退出房间。

"没了！没……没了？怎么会！"

美世听到小时候的自己急得要哭的声音，意识到这只是个梦，是最糟糕的那天的那个梦。

美世无法忘记，那是在上普通小学的时候，学艺时间结束后，年幼的美世回到自己房间，发现里面简直可以说是空空如也。

"去哪儿了？……"

自己的东西就不用说了，连小心翼翼地存放在柜子里的母亲的遗物——和服、腰带、装饰品，还有梳妆台和一支口红都不翼而飞！美世当即断定这绝对是继母搞的鬼。

"美世小姐，您怎么啦？"

听到声音跑过来的是用人阿花。打美世出生起阿花就一直照顾她，对美世来说，阿花是如同另一位母亲般的存在。

"没了！妈妈的遗物全都……"

"怎么会这样？这到底是怎么啦？"

阿花刚才外出买东西，对此一无所知。美世咬紧嘴唇对眼含泪水不断躬身道歉的阿花说："肯定是继母干的！"

美世两岁时母亲去世，父亲的新妻子香乃子一直视美世为眼中钉、肉中刺。香乃子的女儿、美世的异母妹妹香耶虽比美世小三岁，却已开始显露出一些特殊才能。她从母亲那里遗传来的华美容貌简直就像西洋人偶般端庄俏丽，让她学点什么，她转眼间就能运用自如。不仅如此，人们还发现香耶已具备了将异

形映入眼中的见鬼之才——这被认为是异能的基本技能。

这些里的哪一样美世都不具备。

美世父母为传承异能而搞了政治联姻,但生下来的美世并没有异能。相反,非异能者家庭出身的香乃子生的女儿香耶却拥有异能。

那何苦要把我们拆散啊!曾为父亲恋人的继母极为不爽。

美世年龄虽小,却也弄懂了这些缘由,因为平日里继母就经常咬牙切齿地辱骂"怎么会有你!""你娘就是个贼!"云云。

懂归懂,但能不能接受是另一个问题。

"我去找继母!"

都被欺负到这份儿上了,美世实在忍无可忍。对美世来说,母亲的遗物是这座冰冷的宅院中守护自己内心、让自己活下去的不可或缺的东西。

"小姐您自己去?可不敢啊!"

"不怕,万一有什么事儿,我会跟父亲大人说!"

回想起来,那时候美世还以为父亲会护着自己。

虽然父亲已渐渐不再理睬美世,但只要美世被逼无奈去找父亲告状,父亲还是能提醒继母几句的。

可现在,期待完全落空了。

"不要!不要啊……放我出去!有人吗?放我出去!"

美世来找继母,说自己房间里的东西不见了,问她知不知情。继母勃然大怒,说美世诬陷她是小偷,遂将美世关进了宅院后面的仓库里。

"不认错就别到我跟前来！还真是那只偷食猫的丫头啊，敢说别人是小偷，真坏到骨子里了！跟香耶差远了！"

"继母大人！求求您！放我出去……"

仓库门被从外面上闩锁死，任凭美世怎么推怎么敲都纹丝不动。对拼命捶门大叫的美世，继母冷笑着丢下一句"活该"，便不知去了哪里。

现在回想起这一幕，美世都瑟瑟发抖。

在仓库的高处有个小窗，虽有光线透进来，但杯水车薪，仓库内即便是白天也仍然很暗。仓库里面冷飕飕潮乎乎，又不怎么用，也没放什么东西，显得空空荡荡、冷冷清清。被关在这种地方，又不知道什么时候能被放出去，一个小女孩怎能不害怕？

"呜呜，放我出去……有人吗？救救我……"

对不起，救救我，饶了我吧！美世哭天喊地，凄惨至极，但谁也没来救她。结果，自过午被关，到放出来时已是深夜了。

自以为可以仰仗的父亲自始至终都没出现。而且在美世被关进仓库的当儿，阿花也遭解雇并被赶出了府邸，当然这不需要什么正当理由。

自此，美世从斋森家的小姐跌落至了连用人都不如的境地。

清晨，一觉醒来，还是往常那个时间。美世轻轻擦去脸上的

泪水爬起身来。她想起昨天跟清霞见面的那一刻。

"在这里,要绝对服从我说的每句话!我说出去你就得出去,我说去死你就得死!"

其实也没什么大不了,因为这对美世而言跟以前并没有区别,所以她毫不迟疑地点头答应了。之后,见美世安然无恙地从书房出来,看似多少放下心来的百合江又带美世进了为她准备的房间。

房间里摆放着钟表、衣柜、书桌、被褥等只满足最低生活限度的用品。尽管房间丝毫不见奢华,甚至有点简陋,却比在斋森家住的用人房间要宽敞。被褥虽然只有一套,却是上等货色,贴在身上的感觉跟斋森家的完全不一样。

因为几乎没有要拆封的行李,美世将少得可怜的几件衣服收进衣柜后,饭也没吃一直休息到现在。

在软绵绵的被窝里睡了一觉,疲惫一扫而光,精神也好多了。可是,美世心里嘀咕起来,我做点什么好啊?

无意间,她跟往常一样,天还没亮就起床了,想必当上久堂家当主的妻子后应该不用起这么早吧!至少,同为名家之妻的继母起得就不早。

寻常百姓家庭怎样姑且不说,这可是闻名天下的久堂家啊!做妻子的不需要亲自做饭扫地洗衣吧?可自己什么也不会啊!

虽然美世以前均接触过花道、茶道、舞蹈、弹琴,但被迫中断后已好久没碰,学过的内容也记不清了,最终也派不上用场。

本来就没接受过多少教育的美世根本不可能当上久堂家的女主人。

话虽如此,可也不能什么都不做啊!美世思来想去,决定着手准备早餐。下厨做饭可能与久堂家当主之妻的身份不符,不过美世也想开了,反正从一开始就不符嘛!

美世再怎么努力也成为不了只会打扮得漂漂亮亮每日笑容满面的妻子,如果因此被赶出这个家,那时候再说那时候的事吧!另外,美世也挺担心百合江。她好像不是住家用人,每天一大早就要拖着老迈的身体来准备早餐实在太辛苦。如此看来,美世觉得还是由自己来做更合适。这也算被责备时的托词吧。

食材一应俱全。有米可煮、有酱汤、鱼干可以烤着吃,还有青菜……美世一边盘算要做什么一边确认炊具位置,心里不断感叹在郊外这么一个小院子里竟还有自来水。一切整理妥当后她开始准备生火。

本来,准备一日三餐是厨工的活计,不过美世多少也能应付得来。因为在斋森家,美世再怎么等也不会有饭菜端到她跟前来。

严格来说,美世既不是用人,也算不上家庭成员,因此,不管是父亲、继母、异母妹妹享用的豪华大餐还是分给用人们的一般伙食都没有美世的份儿。

美世只能请厨工把厨房里多余的食材分一点儿出来,自己

做着吃,要是食材没有富余,那么那顿饭也就只能省了。

美世忙了一阵子,厨房门被轻轻拉开,百合江探头进来。

"……美世小姐?"

"早上好,百合江婆婆。呃,对不起,是我自作主张。"

"早上好,美世小姐。什么自作主张,哪有的事!美世小姐您可是少爷的未婚妻啊!"

百合江开心地笑起来,像是真的很不在意地摆着手。岂止不在意,她甚至还道歉说烦劳要成为少夫人的大小姐做早饭实在过意不去。

看来自己还是多事了……最后,百合江反倒向自己道歉,这可完全出乎美世意料。

歉疚之情越积越重,她刚一俯身,一只充满暖意的手轻轻抚住了她的后背,美世心里一紧,抬起头来。

"美世小姐,百合江我已经是个满脸皱纹的老太婆啦,能请您帮忙是我的福分,谢谢您啦!"

"……哪、哪里……"

地位稍低的百合江慈祥的笑容令美世声音哽咽,心里暖暖的。

"那就这样吧!离少爷起床还有时间,我去忙别的,美世小姐,这儿就交给您,可以吗?"

"好啊,呃……可以交给我的话。"

百合江似乎对美世的回答很满意,她点点头,转眼间就换下做饭时穿的衣服，脚步匆匆地出了厨房。

美世沉重的心情稍稍平复了一些，接着准备委托给自己的早餐。

百合江边忙自己手中的活计边时不时地来厨房看一眼。美世听她说清霞马上就要起床了，便将已做好的早餐盛进碗里。

刚出锅的白米饭配着用裙带菜、油炸豆腐做的酱汤，已煮好的菜应该早就入了味，刚烤出来的竹荚鱼干冒着香气，另外美世还准备了凉拌菠菜和一小碟腌咸菜。

尽管不如厨工做得精致，但美世对饭菜的整体感观还挺满意。美世端着早餐跟百合江一起走进居间，清霞正盘腿坐在榻榻米上看报纸。

美世是第一次见他穿军装，他领口虽然敞开着但依然帅得引人注目。按百合江的说法，饭菜盛好后一般用餐盘端上来，要提前把矮饭桌①收拾出来。现在木制桌子②已经被移到了房间角落。

"早上好，少爷！吃饭啦！"

"早。百合江，当着外人不要叫少爷！"

这位未婚夫板起脸来也依然不失俊美。他太完美了，美得令人目眩，美世甚至不敢直视他。

---

① 矮饭桌：指日式矮脚饭桌。
② 木制桌子：指西式高脚桌。

"少爷,今天早上是美世小姐做的饭!"

听到百合江这句话,清霞好像才注意到美世的存在。他折起报纸放下,微微眯起眼睛看向美世。

习惯于被无视的美世更希望自己永远不被注意,她面对投向自己的目光反而不知所措了。

"……是吗?"

"对啊!而且美世小姐手艺也好,真帮了大忙!"

老实说美世以为自己会挨骂,譬如要成为久堂家当主妻子的人怎么能下厨等等,不过美世马上就发现清霞心里想的根本不是这些。

"坐那儿!"他用冰冷的眼神和声音命令美世。

美世依言在自己放置的餐盘前坐下。清霞自己没动筷子,反倒对美世说:"你先吃给我看!"

"啊?"

绝不可以比一家之主先动筷子吃饭,这种观念已经深深地印入美世的意识当中,清霞的命令让她犹豫不决。

本来按百合江的意思,美世把自己的餐盘也端来了,可她根本没想到要跟清霞一起吃,因为她以为在这里是不会允许她与一家之主同席用餐的。

清霞盯着一直不肯动筷的美世,脸上的表情越发可怕。

"不敢吃吗?"

清霞的声音极度低沉,低得令美世浑身战栗。不过这一姿态在清霞看来却并非如此。

"啊,呃……"

"哼,下毒了吧!显而易见!"

"啊?"

"毒?"

百合江吓得尖叫起来,清霞则毫不理会地起身离座。

"不能吃这种不明不白的东西!撤了!下次好好做!"

清霞说完走出居间,百合江慌里慌张地跟了出去。屋里只剩下美世一人。

美世那已空白一片的脑袋好容易才想明白,自己这是被怀疑要暗杀清霞啊!

不能吃这种不明不白的东西啊……

她现在才转过弯来,这么想来其实父亲也是很注意自身安全的。只要掌权,就更容易有性命之忧。清霞肯定也一直被人盯着吧!毒杀是当权者最需要防范的暗杀手段之一。她也太没自知之明了吧!

离开娘家来到这里,百合江给自己安排了活计。名门之家的千金小姐做得一手好饭本身就不正常,被人怀疑也不足为奇。当然其中也有美世不想被逐出家门而急于求成的原因。

这下可搞砸啦!一开始就弄错了!自己做这些到底还是多事了。只是自己并没有马上就被杀头,可能还不算太坏。美世用颤抖的双手拿起筷子。白米饭出锅时间不短了,表面已经发

干。美世夹起一口放上舌尖。

虽说早就习惯了一个人吃冷饭,可不知为什么,这感觉像是吞下了小石子样的东西。

对异特务小队是帝国陆军中出类拔萃的特殊队伍,是为应对帝国境内发生的所有与妖怪相关的事件而组建的。队员几乎全都拥有见鬼之才,另外,还有可以操控异形、智力水平超出常人的异能者参与其中。

本来拥有见鬼之才的人和异能者就不多,且队员又基本上出身名门,加之其中还净是刻意选择成为危险伴身的军人的另类人士,因此这支由少数精英组成的小队,事实上始终处于人手不足的状态。在这样一个不为一般人群所知的部门、率领这样一支特异队伍的久堂清霞少佐,如今却在忙着埋头处理文书。

作为队长,虽说是队里实力最强的人,可遗憾的是,他基本都待在执勤所,不怎么去现场。

当然,如果有特别棘手的案件他也会亲临现场,比如接到上级命令或应对特殊情况的时候,但在大多数的时间里,他都在专心处理积压的文件。

不过,今天他的注意力怎么也集中不起来,这很罕见。

清霞自己已准确地找出了原因——这跟早晨那件事有关。

原因固然清楚,可注意力就是无法集中的问题也确实存在。

"不能吃这种不明不白的东西!"

扔下这句话回到自己房间开始做外出准备的清霞被随后跟进来的百合江唠唠叨叨地好一顿数落。

"您用不着说出那种话吧,美世小姐可是在尽心尽力地准备饭菜啊!百合江我可不觉得美世小姐会是来下毒的人!"

对代替父母抚养自己的百合江,清霞一向都是百依百顺,但针对今早的事,清霞也没打算让步。刚刚认识,尚未建立起信任关系的人做的东西,当然不能吃。

更何况,她是斋森家的女儿。那样的家庭,就算是策划杀死久堂家的当主夺其权位取而代之也没什么不可思议。毕竟斋森家也是身处高位的名门,有这个实力,因此提防一下怎么说都不为过。

虽说不为过,可就算没被百合江唠叨这一顿,清霞心里也总觉得不痛快。

"少爷,您在听吗?"

"啊啊,听着呢!"

也就是说,百合江想告诉清霞这样一个事实。她感觉斋森美世这姑娘跟之前几位未婚妻或相亲对象截然不同。到目前为止,来提亲的女子实在太多,双手双脚全算上都数不过来。不过,作为结婚对象,她们的表现几乎全都令清霞感到意外。

有人一见这简陋的房屋便心生厌恶,连门都没进掉头就走;

还有人当场怒气冲天地质问久堂家的当主为什么会住在这种窝棚里。既有表面上一味向清霞献媚,背地里却不断欺辱百合江的;也有刁蛮任性地嚷嚷饭菜不合心意或要求更换房间的。

贵为名门当主却住这种地方绝非常理,想必她们都明白其中必有因由。然而即便如此,她们仍不愿理解可能与自己结婚的对象的想法,只想固执己见,这样的女子实在让人心烦。

心气太高也好,派头太大也罢,清霞并没打算因为这些问题否定她们。但万事都要随其所愿,总是以自我为中心的做法就太过分了。清霞始终坚持这一原则,因此婚事总也定不下来。

"百合江我可开心啦!知道体谅人、又肯帮我这老婆子干活的这可是第一位啊!"

"……原来如此。"

清霞走出居间时瞥了美世一眼,她脸上当然没有一丝快活的表情,甚至感觉她马上会哭出来。

听百合江这么一说,跟之前那些女子比起来,这位美世好像确实与众不同。

清霞出门上班前,美世面无表情地跟到玄关门口,不冷不热地躬身说道:"您慢走。"

这会儿她已经完全看不出要哭的样子了。

"我出门了。"

她又深鞠一躬。对,就是这副模样,活像个用人。斋森美世这个女孩到底受过什么样的教育啊?清霞觉得在名门之家长大的小姐，一般不应该是这个样子。

先观察一阵子看看情况？手上处理着公务，清霞初步得出了结论。

其实清霞本打算跟以前一样，早早地将其轰出家门，不过眼下虽有不甚满意的地方，却也没觉出多大的不快。单纯来讲，斋森的女儿作为结婚对象还是具备相当有利的条件的。

要命，办公时间满脑子净想女人，也真够可以的！清霞长吁一声，将注意力集中到公务上。

回家时天已全黑，出来迎接的只有美世，她在玄关处三指触地① 躬身相迎。

"老爷您回来了。"

"……回来了。"

"老爷，我……"

脱下长靴后，清霞听到美世小声叫自己。她依旧面无表情，目光始终朝向斜下方。

"怎么？"

"……今天早晨万分抱歉，是我太没分寸。以老爷您的身份，不可信任的人做的饭菜当然不能入口，稍微动动脑筋就该明白

---

① 三指触地：此处指旧时日本女性跪于玄关处，拇指、食指、中指三根手指触地躬身迎接丈夫回家，表示对丈夫的敬意。有关三指是哪三根手指可表达何种意义，在日本还有其他说法，此处不再讨论。

这个道理的。"

"……"

"呃,晚饭都是百合江婆婆做的,饭菜已经上齐。我发誓,绝对没有下毒,请饶恕我。"

美世跪伏在地垂首不起。

说起今天早晨那件事儿,她还生气的话倒也不难理解,可搞到跪地谢罪这般地步,清霞心里很不是滋味。她如此郑重其事地道歉,自己反倒成了硬逼她这么做的恶人。看着她在眼前瑟瑟发抖,清霞感觉自己像是在欺负弱小。

"其实我并没有真的怀疑你。"

那只不过是清霞下意识的防范行为并随口警告一句而已。

"我说得也太重了。"

"没,没有!绝对没有,都是我的错!"

美世身子缩成一团,一副可怜巴巴诚惶诚恐的模样。清霞无意的威吓惩戒更让她乱了方寸。可再次细细端详,清霞无论如何都不能将她跟名门闺秀联系到一起。她身上穿的是连旧衣服都算不上的破衣烂衫。从衣装中露出的脖颈、手腕又瘦又细,让人不由想到她平时的饮食肯定有问题,胡乱扎起的黑色长发也脏兮兮的毫无光泽。尤其是那惨白的手指,上面布满皲裂,估计只有每天从事洗涮工作的人双手才会那样。

当下,但凡住在城里的姑娘,即便出身平民百姓家庭,也会尽可能打扮得漂亮一些。

"晚饭呢？你吃啦？"

她多数时候都垂着头，面目总也看不真切。

"呃，这个嘛……我……"

美世不明所以地支吾起来。清霞走进居间，见餐盘只准备了一个。她吃了的话只要说声吃了就好嘛，看来这姑娘真不会说谎。

"没吃吗？怎么不准备自己的饭？"

清霞着实被目光躲闪一言不发的美世闹糊涂了。家人或等同于家人关系的人一同进餐难道不是常识？清霞一直以为这是天经地义的，可在她这里似乎不是。抑或她还不清楚自己的身份？

清霞叹了口气。

这一整天，美世都心慌意乱坐立不安的。早上没好好动脑筋想想就给随时防备下毒的人做了饭，结果，饭菜浪费了不说，还害得当主连口饭都没吃就出了门。如果清霞真如传言中那样冷酷无情，自己应该已经在这个家里没有立足之地了。自己肯定也会跟他以前的相亲对象或未婚妻一样被逐出家门吧！尽管百合江一再说不必介意不用放在心上，但肯定不会那么简单。

一旦被扫地出门，自己便无处可归，其实本来就该马上去找

个可以打工的安身之所。莫非自己真是个会令他人不快的瘟神或是什么？美世咬住嘴唇，胸口被刚一到家就长吁短叹的清霞的那声叹息刺痛了。

"百合江没给你准备吃的吗？"

糟了！百合江也被怀疑上了。

美世慌了，她没意识到清霞只是在单纯地表述一个疑问，更没注意到清霞脸上毫无恶意。

"不，不是那样！"

是美世自己对百合江说要吃早餐吃剩的那些，晚饭就不要给她准备了。其实，中午她只吃了很少一点，其余的都给了来收厨房垃圾的邻村村民。她想吃的东西倒是多了去了，可一天仅能吃上一顿饭的美世饭量小得可怜，加上早晨的失态更令她食欲大减。可她又不敢实话实说，如果谈及日常饮食，被他知道了自己在娘家的处境可实在不好。风言风语传来传去，影响了家里的声誉，父亲肯定饶不了她。

"呃，没有食欲。是我跟百合江婆婆说的。"

"没食欲？哪儿不舒服吗？"

"没，没什么大碍，就是偶尔这样。"

美世能感受到清霞严肃起来了，只得支支吾吾地搪塞过去。准确地说，她并非偶尔没有食欲，而是偶尔会有一整天没饭吃。

"……哦，那就好。"

清霞的话音里明显流露出几许愕然。当然，眼下清霞似乎并没有因为注意到美世饮食不正常就要把她赶出家门的意思。清霞又叹了口气,说声要去换衣服,便进了兼作自己房间的书房。

……真是个和善的人。

美世想起昨天刚进这个家门时百合江说的话。她说,虽然有很多关于清霞的不好的传言,但其实他待人很和善,你不用紧张。

说老实话,美世还是很怕清霞。一想起今早他面沉似水没有一丝笑意的样子和那冷冰冰的声音,美世就怕得浑身颤抖。这些配上他那英俊的面孔,反而更加令人恐惧。可他又向美世道歉,又担心美世的身体,倒是至少让美世明白了,他也不是只有冷酷的一面。

"凉透了啊!"吃了一口晚饭的清霞嘟囔道。

端上来的饭菜是百合江做的。连盛盘都盛得漂漂亮亮的饭菜不可能再回锅温一次,所以现在已经没有热乎气儿了。百合江干完活已经回家。因为她不是住家用人,清霞也嘱咐过她最好早点回去。

"对不起!"

"现在不是道歉的时候,你好像每喘口气都要道歉啊!怎么回事?"

候在一旁的美世在清霞锐利的目光的注视下俯身垂首,一

副任你怎么说都好的架势。

　　动不动就道歉是因为在娘家时她就一直这样。一旦被继母或异母妹妹盯上,除了道歉根本不允许还嘴。而且如果不当场道歉,对方会愈发变本加厉甚至会招致更恶毒的谩骂,由此道歉挂在嘴边就成了她条件反射式的行为。

　　美世对清霞的问话无言以答,只是保持着俯身垂首的姿势。

　　"不说话,啊?"

　　"对不……"

　　"不要道歉!"

　　清霞打断美世,声音不大但语气强烈,是那种会令人瞬间臣服的声音。

　　"不要道歉!道歉太多会失了身份!"

　　或许是吧。可不道歉能行吗?美世心里没底。

　　"……我吃好了。"

　　不知不觉中,清霞已用罢晚餐放下筷子。

　　与其英俊的外表相反,他周身都散发出一种冰冷可怖的气息。美世终于能理解为什么他会有"冷酷无情、肆意杀人"这样的传言了。

　　然而他举手投足之间极尽优雅,没有丝毫的野蛮粗鲁。尽管身为男性,却给人一种似深闺高阁中的公主殿下的感觉。这应该就是百合江说的他其实待人很和善吧!

　　"呃,那个……洗澡水……"

美世想说她这就去烧洗澡水,清霞却对她摇头。

"我自己烧!"

"您自己?"

"一直都是我自己烧。家里的澡盆有点特别,外人用不好。"

"特别?"

"其需使用异能烧水,百合江也不会用。"

说到这里,美世想起自己确实是听说过异能里有火象异能,使用这一异能,烧好洗澡水应该不是难事。

这种能力,与我无缘啊!生身父母皆来自异能之家,而自己却连见鬼之才都没有。说到这里,美世想到身为久堂家的当主,清霞拥有高贵的身份和高超的异能,毋庸赘言,自己根本不具备成为他的新娘的资格。

"又怎么了?"

"啊,没……没什么!"

恐怕他并不知晓自己没有异能。虽然他没兴趣逐一了解找上门来的未婚妻候选人,但从他得知美世是斋森家女儿的那一刻起,应该就认为美世拥有异能或见鬼之才吧!

说到底,这婚还是不结为好。不适合。斋森美世不适合做久堂家当主的妻子。自己这样的,还是被早早地逐出家门为好。适合做他妻子的,应该是香耶那种拥有一切的女子。

之后,美世正手脚麻利地在厨房收拾碗筷,清霞洗完澡穿着

一身轻便的睡衣探身进来。见美世不明所以,他说想让美世做明天的早饭。

"……今早没吃就走了很不应该,明天再做吧!"

可能是洗完澡后身轻气爽的缘故,他那恐怖气质消失殆尽,稍稍皱着眉像是难以启齿的清霞看起来年轻了许多,给人很清爽的感觉。

虽然条件反射式地点头答应了,可美世并没忘记今天早晨遭受清霞叱责的原因。

"我……我倒是没问题……"

"啊,当然,真下了毒的话可饶不了你!"

"绝不敢!"

美世慌忙摇头否定。美世既没受过特殊训练,也根本没接到过暗杀久堂家当主的命令。父亲真有心要暗杀清霞的话,应该会派个更优秀的杀手来。本来,父亲、继母还有香耶都坚信美世应该很快就会被赶出久堂家。

"那就没问题!早饭就交给你啦!"

清霞一身轻松地转身离开了。

"遵……遵命……"

美世一脸木讷,只能有气无力地答应下来。

阳光暖暖地照着平静的家院。在这栋漂亮的宅院里甚至能听到鸟儿不知在哪里鸣唱,可惜,这样的乐园显然不属于自己。

"真棒啊！香耶,你有见鬼之才了！香乃子,你也够厉害!生下这么了不起的闺女!"

这是父亲的声音。

这场景美世记忆犹新。这事比昨天梦里的事还要往前,美世记得是发现香耶有见鬼之才时的事。

美世知道自己又做梦了。

"我的女儿嘛！当然的啦!"

继母洋洋得意的表情、父亲心满意足地点着头,还有异母妹妹开心的笑声。那是个非常自然、非常幸福的家庭。但其中并没有美世的一席之地,从来没有过,因为美世不是他们的家人。在沦落为用人之前,美世就只是一直远远地看着他们。不管怎么努力,她都无法获得家人的温暖。

"好像发现香耶小姐有见鬼之才啦!"

"才三岁啊！真不得了!"

"跟她一比,美世小姐就……"

"已经不指望发现什么能力啦!"

"爹娘倒是都有异能啊!"

"没什么才能啊,真可怜!"

大家交头接耳议论纷纷的声音在美世脑中嗡嗡作响。

渐渐地,她的立足之地和自身价值都不复存在。美世能够切身感受到,家里尊敬香耶的意味越来越浓,而对自己的态度则每况愈下。

回想起来,香耶就是从这时候开始瞧不起美世的。

真是令人伤心的回忆。被当作用人使唤后,身体适应不了固然疲累,而心里更是难受。美世虽然年幼,可她的内心世界早已满目疮痍。

"我是个多余的人!"

美世至今还记得这样喃喃自语的情形。

没有异能、没有见鬼之才,更没有其他值得炫耀的本事,自己在斋森家就是多余的!还不到十岁,她就看透了这一点。

用人阿花差点儿哭出来,本来这还应该是在父母面前撒娇的年龄啊!现在阿花在哪里?又在做什么呢?自己被关进仓库时她被继母解雇,之后就再也没见过面。那时她还年轻,希望她能嫁进一个好人家一辈子幸福平安。

一觉醒来,又是泪洒枕畔。

连续两个晚上做噩梦,太倒霉了。这是对自己的警告吗?就算离开了斋森家,美世也不该忘记自己是毫无价值的人!

记得,记得!不会忘记的!美世不会忘记自己是个多么平庸、多么没用的人。要是没生在那个家里该有多好啊!美世无数次这样幻想过,哪怕日子稍稍清苦些,也想生在一个普通但温暖的家庭里。

可不能让阿花看到自己现在这个样子。因为最疼爱自己的阿花肯定会难过的。

美世起床、叠好被褥,没发出一点声响。她又将睡衣脱下,换上平日里穿的衣服。这时她才发现衣服上破了一处,这是件极普通的蓝色棉布衣服,已有年头了。这衣服也快寿终正寝了。

衣服后背的缝线开绽了,不知什么时候缝线老化断裂,衣服已经完全破开。可能因为同一部位多次缝补,扎针的地方布料变薄,不可能再缝合了。相同原因快要破了的地方还有好几处。

这件衣服是斋森家的某个用人不再穿后让给美世的,美世接过来时就已经相当破旧了,说没办法也真是没办法。

可本来就不多的几件衣服如此这般慢慢都不能穿了的话,过些日子可真就没得穿了。离家时父亲给的那套倒是挺新,可那是出门时穿的,不能弄脏,平日在家里穿也稍显奢华。

美世整理好衣衫走出自己的房间,边走边想,不到完全不能缝补就还得穿啊,先问问百合江能否借到缝补用的针线吧。

来到厨房,时间虽然和昨天一样,但百合江已经在忙碌了。

"哎呀,早上好啊,美世小姐!"

"……百合江婆婆早上好!"

怎么比昨天还早了呢?可能看出了美世满脸的疑惑,百合江微微一笑说:"因为昨天早晨那件事嘛,我放心不下就早来啦。今早的饭食怎么安排?"

"啊,这个嘛……"

有百合江在场看着,可以证明没下毒,清霞应该就能吃了。不过已经没这必要了吧。想起昨晚清霞的要求,美世便对百合江说早饭由自己准备。

"就是说嘛,少爷也真是!想吃美世小姐亲手做的饭,开口一说不就好嘛!"

"……啊,不是,应该不是那个意思……"

"嘿嘿,好啦美世小姐,就让百合江我给您打个下手吧!"

"哎,好吧,麻烦您了!"

今天早晨的饭菜有煎炸油豆腐块、汤汁蛋卷、金平牛蒡丝、凉拌芝麻青菜,还有白米饭和酱汤。哪样都是斋森家常吃的饭菜,不过百合江的做法跟家里的厨工不太一样。既不执着于食材切法上的一致,也不神经质地在意油豆腐块和蛋卷煎炸出的色泽,调料基本上都是目测估计用量,盘子碗的花色、饭菜的盛法、摆放位置等等也都不怎么讲究。

应该说这才叫家庭料理吧!厨工干活好坏不说,对饭菜的品相却过于讲究,外行人学那种做法实在太费工夫。美世没什么技术,觉得只在一旁看看百合江的手法就受益匪浅。

先将做金平牛蒡丝的牛蒡和胡萝卜切成细丝,再把青菜在烧开的水里略微焯一下,汤汁蛋卷则用汤汁、酱油、砂糖等给蛋卷入味,百合江用木棉豆腐手工制作的油豆腐块也煎烤得外焦里嫩恰到好处。

"美世小姐起得可真早啊!"

"是啊,因为在娘家就一直早起……"

是这样啊!百合江像是很佩服地点着头。

"呃,百合江婆婆。"

"怎么啦?"

"家里有缝缝补补用的针线吗?"

"噢,有啊!您要用的话,过会儿拿您屋里去。"

"太谢谢啦!"

美世如释重负地松了口气。针线活也是名门闺秀们平日里经常做的事,不足为怪。当然,真正的千金小姐就算没有自己的针线盒也不耽误她们穿金戴银。

两人聊着天,轻车熟路地准备着饭菜。煎炸油豆腐块的香气、勾人食欲的金平牛蒡丝又甜又咸的味道溢出厨房之时,早饭如数做好。跟昨天一样,美世将刚出锅的饭菜盛盘再摆放到餐盘上端进房间。这时,清霞刚好进来。

"早!"

"老爷早上好!"

在一身军装的清霞面前,美世又有些紧张。每次一见这位英俊的未婚夫,美世就自信全无。自己的未婚夫竟是如此俊美之人?美世感觉跟他哪怕只有露水姻缘都属痴心妄想。

在不怎么宽敞的居间里,两人面对面坐下。美世本打算装出一副理所当然的样子从饭桌旁离开,但在清霞目光的威逼下不得已只好同桌落座。

"那就吃吧!"

"啊,请……"

清霞奇怪地看着光应声却不拿起筷子的美世。

"你也吃啊!"

"是,遵命。对不……啊,不,我吃……"

美世语无伦次地应答着拿起筷子,几乎跟清霞同时将吃的放入口中。味道一般。在可能会讲究口味的清霞嘴里,这饭菜或许会难以下咽。

他优雅地吃一口菜喝一口汤,美世紧张得全身发硬,不知他会说出什么来。

"……好吃!"

美世吃惊地抬起头。

"口味跟百合江做的好像有点不一样啊,不错不错!"

他的语气很真诚,看来是真心这么想的。

这才是最高评价!

"好吃!"

就凭这一句话,美世感觉迄今为止自己所花费的试错时间都得到了回报。有多少年没被什么人这样夸奖过、这样认可过了?美世感觉自己身体里像有什么要喷涌而出。

"谢……太谢谢您了!"美世声音颤抖地说。

"……怎么哭了?"

大滴大滴的泪珠不断滚落下来。在不知不觉中,美世已泪流满面。

过了一阵美世才止住哭声,清霞也没再跟她聊什么,平静地用完早餐后便回了自己房间。

清霞回想起用餐时的情景。她那黑曜石般的眸子晶莹湿润,但眼神却如玻璃球般虚无空洞。不知为什么她在自己的脑海中会留下这样的印象。

一开始,清霞还怀疑是不是自己真心夸她的那些话伤了她的自尊。跟百合江做比较可能会伤害到美世,清霞甚至有点恨自己不会说话。

不过说好吃可是不折不扣的真心话。

清霞已经吃惯了百合江做的饭菜,美世做的饭菜味道虽与百合江有所不同,但他很快就接受了她的厨艺,感慨之余顺嘴说了声好吃,可始料未及的是竟然把她给说哭了。从来没安慰过女性的清霞正惊慌失措地不知该怎么办时,又听到她磕磕绊绊断断续续的道歉声,这应该已经成为她的口头禅了。

"实……在对……不起……"

"……说过不要道歉了嘛……"

她还是边哭边道歉,弄得清霞更不知所措了。此前来这里的女性中,有人刁蛮任性口无遮拦,一不如愿就大发脾气连哭带

闹,对这种泼妇就算当场逐出家门他也毫不惋惜。而此时此刻清霞却万分紧张。

"太……太失态了,实在对不起!我……呃……我太开心了,不知怎么就哭出来了……"慢慢平静下来的美世有点不好意思地说道,清霞听后皱起眉头。

虽然她断断续续地说清楚了这是第一次被人夸做饭好吃,可清霞总感觉她落泪的根本原因并非如此。真看不透此女的来历。斋森美世这个女子此前生活在怎样的环境里?周围有些什么样的人?她又是接受了什么样的教育长大的呢?这种平常与人面对面时多少能看出来的背景,换成她后,竟然完全看不出来。

不,准确来说,是她与清霞所认知的千金小姐们的印象相去甚远,甚至超出想象。清霞整了整军装的衣领,同时闭上双眼试图将美世那流泪的面容从脑袋里驱逐出去。

"百合江,我的感觉不对的话你要告诉我。"清霞对跟着自己过来帮忙做出门准备的百合江说道。

"莫非她不是在一般的名门之家长大的?对吗?"

从昨天开始清霞就一直有这种违和感。为成为久堂家当主之妻,有的女孩可能会假装很谦虚,清霞也考虑过这种情况,不过至少刚才那眼泪在某种程度上是可信的。美世泣不成声的样子绝不可能是装出来的。她的的确确是因为清霞的无心之言而泪流满面。

"看来是啊！对,对!"

百合江嗯嗯啊啊地点着头,脸上现出不可思议的表情,她似乎想到了什么。

"当面问问的话,你觉得她会说吗?"

"没那么简单吧!"

你在娘家过得怎么样啊?问起来倒是简单,可从这几天的状态看,恐怕美世不会主动提及自身的情况吧!

"百合江。"

"在呢在呢,少爷您说!"

"暗中观察一下,我也从外部略微查查这个斋森!"

总不能就这样不明不白地结婚,婚约关系无论是维系还是解除,趁早调查清楚不会有坏处。百合江马上心领神会地点点头,她旋即抬头看着清霞,脸上露出调侃的笑容。

"遵命!话虽如此,少爷您对这位未婚妻可是很有兴趣啊!"

"……少废话!我自有主张!"

不得不承认,在所有候选结婚对象中,清霞对美世兴趣最浓。虽然清霞在做过自我介绍后几乎就没再正眼看过她,但不说退下就不敢抬头的大小姐可真是闻所未闻见所未见。现今,只要不是出自对用人都相当严苛的家庭,一般人不至于那样吧。

"用不着害臊嘛!"

"没害臊,不过我要了解此人底细也并非因为你脑袋里的那个意思。"

"算了吧少爷,您要是这么想的话,可要打一辈子光棍喽!"

"……"

清霞刚要说声"无礼",却瞬间想起无数女孩摔门而去的情形。尽管他对那些又哭又闹不到三天就逃之夭夭的大小姐们毫无留恋,可扪心自问,自己到底能接受什么样的新娘,千思万想他也没个头绪。

至少,跟像自己母亲那样的典型的大小姐结婚就免了吧!

"百合江我琢磨着吧,美世小姐做少爷的太太就挺好!"

"是吗?"

"是的是的!"

"话可不能说得那么绝对!"

美世来家里才三天,这么短的时间,百合江似乎就对美世相当中意。

"不管怎么说,拜托你了!"

"您就放心交给我吧!一定把少爷的好都给说到!"

"可别多事啊!"

清霞心里虽有一丝不安,却也无奈。百合江应该不会胡来。

帝国的中心由西部的旧都迁到东部的帝都早已过了数十年。本来,光是朝臣、武士、立过功的公卿之家就多得令人眼花缭乱,再加上虽无爵位但同属上流阶层的商界及艺术界人士,名门更是数不胜数。即便是自幼就一直接受严格教育的清霞,也无法将这些家系全部汇入脑中。

斋森家跟久堂家同为异能世家,当主的名字及大体现状他基本都了解,但仅限于此,具体情况自然需要详查。别查出什么麻烦事就好。

清霞叹了口气,拥有异能的家系本来就不多,自己可不想招惹上什么麻烦。

斋森家的一间屋子里,两个中年男人相对而坐。

这应该是场私人谈话,双方都穿着简单的便装,但室内气氛却有点紧张。两人中的一位是辰石幸次的父亲——辰石家的当主辰石实,他那张略显神经质的脸上流露出一丝不悦。"事不是这么办的吧!"他对另一个男人——斋森真一——反唇相讥道。

"事?什么事?"

那桩婚事?真一无意掩饰自己已猜中一半的样子,却还在装糊涂。他那颜色浅淡、没有明显特征的面相着实令人生气,辰石实更不高兴了。

"你心里明白吧!为何把美世给久堂家?早就说要给我家长子嘛!"

"啊,那桩子事啊!"真一耸耸肩说,"没必要这么较真吧!"

有异能传承的家系确实不多,但在旧都还是有几家的香火延续了下来,能跟辰石家下任当主门当户对的姑娘除了美世还

大有人在,其实用不着特意选连见鬼之才都没有的美世。不过,话不能这么说。

"有辰石和久堂这两个选项的话,当然选久堂,这还用说?"

门第也好其他方面也罢,久堂家远在其上。固然没指望那丫头能在久堂家过长远,但万一被阴差阳错地接纳了,那也就跟久堂家建立起了联系。从一开始就没对美世抱有任何期望的真一正是考虑到无论结果如何都不会吃亏,才选择了更优质的久堂。

因辰石实跟斋森家有着长期交往,他早就看透了这位当主的意图,可过于愚蠢的行为他就不能坐视不管了。

"美世的母亲可是那个薄刃家的闺女啊!"

"可那丫头并没继承薄刃家的异能啊!"

面对愤愤不平的辰石实,真一满不在乎地大言不惭道。

五岁之前见鬼之才就会显露出来,这是能否成为异能者的分水岭,只有拥有见鬼之才的人才能成为异能者。也就是说,都十九岁了还没有一技之长的美世纯属废物,名字挂在异能家系之下也毫无价值,至少表面上是这样的。

"话虽如此,可美世的孩子不一定不会继承薄刃家的异能。"

"你想要薄刃之力已经想到这个程度了?"

"那可是干涉人心之力!说不要的都是口是心非!而且,久堂家因此更强大的话,你我的处境就危险了!"

"那美世被久堂家扫地出门之时,你家儿子娶她进门就好。

反正也不可能在他家待多久,你们能收留她,那丫头得乐得哭出来!"

辰石实"啧"地轻轻咂了咂嘴。

在有异能传承的家系中已占据顶点位置的久堂家,不会特意去攫取薄刃家那点能力。另外,动不动就把女人赶出家门的久堂清霞也不可能偏偏选中一无是处的美世,因此真一所言大概率是行得通的。

这家伙与自己真不对付,他太重视小女儿香耶结果误判了美世的价值。可以说他是眼睁睁地把完全有可能下金蛋的闺女抛弃了,精神绝对不正常。这样一来,只会徒增诸多麻烦。

"那斋森家今后对有关美世的所有事务都不再干预,可以吗?"

"啊,嫁出去的闺女泼出去的水,去了哪儿干了什么是死是活我都没兴趣过问。"

"是嘛!知道了!"

岂能容忍久堂之流夺她而去?辰石实暗发毒誓。辰石家一定要把斋森美世抢到手,久堂家休想夺走辰石家的儿媳妇!

第二章　第一次约会

"美世小姐您在吗？"

"在啊！"

听到拉门外叫自己的声音，美世立刻开门，只见来人是手捧木制针线盒的百合江。

"缝补用的针线给您带过来啦！"

"太谢谢啦！"

那是很漂亮的木制针线盒，看起来价格不菲，美世不安起来，自己可以用吗？

美世把自己的担心老老实实地告诉了百合江，后者嘿嘿地笑起来。

"当然没问题啦！不过您要是想用新的，我就再去准备。"

"不用不用！这样就好！"

其实细究起来，这是几乎身无一物地来到这里的美世的不对，针线盒之类的工具应该自己带来的。

在斋森家时，因为有用人们共用的针线盒，所以这一点美世确实疏忽了。可自己没什么钱,想起来就禁不住要哭。

接过针线盒,美世想起一件事,无论如何都得问问百合江。

"请问百合江婆婆。"

"什么事啊?"

"……呃,老爷没为今天早晨的事儿生气吗?"

"生气?您是说少爷吗?"

"是啊!"

突然哭起来,肯定会惹恼清霞。一想起这事儿美世就又是郁闷又是害臊,不禁垂下了头。如果是异母妹妹那样的美貌女子,男人们说不定会欢天喜地地凑过来哄哄抱抱,换作美世就另当别论了。自己哭丧着脸的样子想必丑得惨不忍睹吧。

美世也想过,就算为了清霞也应该尽快把自己赶出这里,总惹得他不痛快实在对不住他。

提出自己担心的问题后,百合江惊讶地睁圆了眼睛。

"怎么可能?根本不可能有那种事!"

"可是……"

美世一直被灌输的是自己的存在本身就令人不快的观念。如果再流几滴泪,更给人说成丑八怪、死难看,更不招人待见。久而久之,美世除了在梦中无意识地流泪,几乎忘记怎么哭了。

天天早晨如此失态,与其等着被人赶走,还不如自己先走!

"美世小姐,哭几声不算什么坏事啊!"百合江语气温柔地说,"反倒是忍着不哭,把情绪憋在心里更不好啊!"

"是……是吗?"

"是啊!所以嘛,自然而然掉下来的眼泪就让它自己掉下来吧,少爷不会为这点儿事生气的!"

真的吗?唉,既然百合江说了那就应该是真的吧!美世心里仍然存有极大的疑惑,但这并不能马上得到证实,太放任自己,她又怕会回到原来的那种生活。

因为惧怕父亲,美世不敢言明自己根本没有异能,甚至连见鬼之才都没有。可一旦被清霞发现,自己在这里的日子也就到头了。

决不能误判了形势!这里的生活终归只是昙花一现。必须把刚刚得到温暖开始融化的心再次封冻起来。

"百合江我要去厨房啦,还缺什么的话,请务必说一声啊!"

"啊……要准备午饭了?那我也去!"

"别啦别啦,美世小姐您就在这儿吧,饭做好了我再来喊您!"

百合江坚决地拦下了执意要去厨房的美世后离开了房间。

……其实自己这点儿事,稍后再做也不迟。这样一来,自己可真就成了光吃不做的废物。美世虽然心情沉重,但想想这是百合江好心给自己留出的时间,便取出破损的衣服,拿起针线。全神贯注地开始缝补衣服的她,并没注意到有双眼睛正透过门缝向内窥视。

美世来到久堂家大约十天后的一个晚上。

"你白天都做些什么？光做家务的话时间绰绰有余吧？"清霞吃着晚饭，忽地这样问道。

最近几天，美世总算开始习惯这个家了。她和清霞言语交流虽然不多，但至少每天早晚两次，美世能以平常心态跟清霞一起用餐。

换作别人可能觉得没什么大不了的，但对美世而言，跟清霞这样地位尊贵的男性一起吃饭，至关重要的就是需要极大的勇气。毕竟两人地位天差地别。

另一方面，白天他不在的时候，一切都很平静。因为屋院不大，上午动作快的话，不到中午家务就能做完。食材什么的有商贩上门叫卖，无须出门购买，下午则完全是自由时间。百合江傍晚前回家，之后就剩下美世自己了。

"呃，从百合江婆婆那里借点杂志什么的看看。"

美世仅说出了部分实情。其实美世还经常缝缝补补，但因为怕他问缝什么时不好回答便这样说了。要是说在缝补破了的或者快要破了的衣物，被清霞理解成她惦记着想要新衣服可不妙。

美世尽一切可能不让清霞或百合江厌烦自己。虽然她也自知应该诚实，可她无论如何都不想说出娘家对自己的态度及自己此前的生活状态，结果还是选择了隐瞒。美世也清楚这是自

相矛盾的。

面对俯身垂首的自己,清霞在想什么呢?他只是点点头说了句"是这样啊"便陷入沉默。

直到晚饭快吃完时。

"嗯,下次休假的时候我想出去转转。"

"好的。"

他这是怎么了?挺突然的。美世姑且先应了一声。

"你来这里后一次门也没出吧?"

"是的。"

"……不想出门吗?"

他是什么意思啊,怎么突然问起自己想不想出门?连女校都没上过的美世,从高等小学毕业后,就几乎没离开过斋森家的宅院。

开始她还留恋街市上的喧闹,也因感怀曾经的自由而悲伤不已。反正也没有可供自己自由支配的钱物,出门去了街上又能怎样?现在这种情绪反倒更强烈。从自家来这里的路上美世心里也是空空一片,看到繁华街市就心情激动的年龄显然早就过了。

"呃,我……不能去。"

"理由?"

"也没什么事需要出门,而且跟老爷一起,会给老爷添麻烦……"

唉,清霞叹了口气。

"不会添麻烦,没事也可以出门嘛!只要跟着我就好!"

"可、可我会碍事。"

"根本不碍事!衣服穿来这里那天穿的那件就好!别的还担心什么?"

都说到这份儿上了,还能再拒绝吗?

"没了……"

"那就这么定下,我吃好了。"

可能自己太过敏感了,美世感觉清霞站起身端着餐盘进厨房时脸是板着的。又惹他不高兴了啊……

难得他一片好心约我出门,美世垂头丧气地想。真讨厌自己扭扭捏捏的样子!不知道怎样才能自自然然地跟人打交道,以前自己明明做得很好嘛!

不过,出门的事已经决定了。现在就得开始准备,出了门决不能给清霞丢脸,决不能让他不高兴。在不安与紧张中,既有期盼又很郁闷的美世心情复杂地转向剩下的饭菜。

院里有棵樱花树。

这是个温暖的春日,斋森家院子里的一棵樱花树上,淡红色的樱花开满了枝头。

美世知道这是个梦,但这次似乎与连日来的噩梦有所不同。

因为这棵樱花树已经不在斋森家了。

美世的生母薄刀澄美嫁到斋森家的时候,栽下了这棵树,但在她离世一年后这棵树就枯萎凋零了。

是的,樱花盛开之时,美世身为斋森家的女儿还在正常生活,所以这次不是噩梦。而且在此前的噩梦中,无一例外都是将自己记忆中的经历又体验了一遍,而今晚的风景美世却毫无印象。樱花树在美世三四岁时就枯死了,因此说没印象也是自然。

朦胧之中,她看到树下站着一个人。

美世立马认出了她——妈妈。

她一头漂亮的黑发又长又亮,身上穿着的樱花色和服听说是她最心爱的衣服。在被继母夺走之前,美世也将母亲的这件遗物视为珍宝。

身着跟盛开的樱花同色的和服,窈窕漂亮得几乎马上就要消失的妈妈简直就像一位樱花仙子。那时候美世年龄太小记忆太模糊,虽然只隐隐约约地留下了这一点点印象,但美世仍能断言站在那儿的女子就是妈妈。

可是叫面前这位差不多与自己同龄的女子为妈妈,实在太奇怪。

"……"

母亲漂亮的嘴唇动了动,将视线转向美世,好像在告诉美世什么事情,可她声音太小,美世听不清楚。

"什么?"

"……"

美世抬腿向前走几步想靠近她一点,可始终无法走到她近前,也依然听不清晰她的话语。

"妈妈!"

"……"

"您在说什么?"

好像有什么一直在反复回响,可声音却完全传不过来。就在这时……

"……啊!"

一阵强风突然"呼"地吹过。长发与花瓣儿一下子飞舞起来挡住了美世的视线,美世猛地紧闭双眼。

"等等……等一等,真一夫君!"

脑海里回响的应该是母亲声嘶力竭的叫声。美世不明白为什么会这样,尽管不明白,她却能理解这是以前实实在在发生过的事情。

"不对啊!"

"你说哪儿不对?澄美!"

这次听到的是父亲的声音。

"美世、美世她……"

"没有异能,除此之外还有什么?她出生后一次也没看到过异形,连点迹象都没有!"父亲极为不满地说道。

美世对此只了解点皮毛,好像具备见鬼之才的人从婴儿时

期起就能看见非人类生物。但因其不可控性,并非每次都能完美见鬼。五岁前这种能力变得稳定可控,随时都能清晰可见才会被认为发现了见鬼之才。反之,随着年龄增长反而看不到异形了则被认定为没有见鬼之才。

据说异形这玩意儿更容易在儿童眼中成像,但在婴儿期要是连点反应都没有,那这孩子拥有见鬼之才的可能性一下子就降低了。

固然也有例外,但那极为罕见,少之又少。发现孩子在出生一段时间后没有能看到异形的迹象,大约九成父母会断掉念头。他们会认为,这个孩子没有见鬼之才。也就是说,母亲还活着的时候,美世就处于被父亲半抛弃的状态了。

"求您……求您别抛下这个孩子!"

"……如果咱不是斋森家而是跟异能没有任何关系的普通家庭,我就会爱这个孩子啦!"

这是父亲冷冰冰的声音。听说父亲以前对美世也是和蔼可亲的,但那并不是父爱,只是长者对幼儿的慈爱而已。

被迫与相爱的恋人分离,不得不走进自己反对的婚姻,生下来的又是无能的女儿,父亲的种种绝望也不难理解。

父亲拂袖而去后形单影只的母亲带着哭腔轻声念叨:"对不起,美世,原谅妈妈帮不了你!"

想道歉的是美世。她什么能力都没有,只会一味给他人带来不幸,自己的罪孽更为深重。

"不过不要怕！你已经长大了……"

啊？美世大惑不解。脑海中回响的声音突然中断，美世睁开眼睛，樱花树依然挺立在那里，母亲却不见了踪影。

长大了？那之后呢？母亲到底说了什么？莫非她还在期待早晚有一天美世会展现出见鬼之才？带着无法释然的心情，美世被逐出了那个美丽的梦境。

明媚的朝阳照进纸窗，清爽怡人的风儿吹入室内。

美世坐在梳妆台前，比平时更仔细地梳理着长发。梳子也是隔三岔五就断齿的便宜货，用它梳头可能意义不大，不过感觉只要花上时间慢慢梳理总比不梳要好。

花费以前一倍以上时间梳理过的头发，看起来总不会比平时还没光泽。

妈妈可真漂亮……梦境中的妈妈头发光亮笔直，好美好美。自己的头发好好保养的话也会变成那样吗？……

美世偷偷捏起自己的头发想试试，可事实让她叹了口气。可惜啊，显然不太可能。

来这里时穿的那套花哨的衣服根本不合身，头发又这么干燥，镜子里的自己看起来很不协调。美世又为与清霞外出一事发起愁来。

"美世小姐，可以进来吗？"

"请进！"

进来的是百合江,她脸上的笑容有点异样。

"您真漂亮啊,美世小姐!"

"……哪有的事。"

"您不化妆吗?"

美世一下子僵住了。化妆! 当然,讲求仪表当然要化妆了,可自己根本就没有化妆工具。

"呃,嗯……我不太会化妆。"

"那就交给百合江我吧!"

"可……可我没有工具。"

见美世惶恐不安眼神游移,百合江笑意更浓了。

"没问题! 看,工具在这里呢!"

是早就准备好了吗? 百合江手上确实有个像是装着化妆工具的盒子。她肯定已经注意到了,自己没带什么东西过来。就这么个小家嘛,有所觉察也是理所当然的。一想到她可能告诉了清霞,美世就羞得恨不能在地上找个缝儿钻进去。

"来,脸朝这边!"

百合江没注意还在自寻烦恼的美世,麻利地拿出工具给她化起妆来。

百合江为美世薄薄地擦上白粉、整整眉毛的形状,最后从几只口红中抽出一支柔和的朱红色。

"好啦! 化好妆啦!"百合江说道。几乎同时,拉门外传来声音。

"马上出发啦!"

"啊,这就来!百合江婆婆,谢谢您!"

"没事没事,玩得开心哦!"

美世也没顾上照照镜子看看就跑出房间,只见清霞身穿深蓝色和服和米白色短外褂站在门外。

"对……对不……啊,让……让您久等了。"

"嗯,没等多久。不好意思,催得这么急,走吧!"

"遵命。"

今天是跟清霞外出的日子。终于要出门啦!美世给自己打打气,跟在他身后。

"呃,今天要去哪儿?"跟清霞坐进汽车驶向帝都,美世突然意识到还不知道目的地是哪儿,便问道。

"啊,没跟你说啊!先去我的办公地。"

"啊?"

办公地!身为军人的清霞的办公地,当然应该在帝国陆军本部喽!美世并没亲眼见过,但能想象到,在占地面积巨大的区域里集中了形形色色的军事设施,对一般民众来说肯定是个戒备森严的地方。

美世确实没做好去那种地方的心理准备,双手紧张地直颤。

"唔,不必……不必紧张成那样,我们不去陆军本部。"手握汽车方向盘,准确地觉察出美世的惊恐的清霞微微苦笑道。

"啊,是吗?可您说要去办公地吧?"

"嗯。不过军人的办公地未必就是军队本部。那儿稍稍远离帝都中心,在帝都有好几处执勤所。特别是对异特务小队的诸多方面即便在军队之中也属特殊,因此大本营并不在陆军本部,而是设置在帝都内的其他地方。设施并没有多大,不必紧张。"

既然在斋森家生活过,美世再怎么没见识,对异特务小队这样的名头她也有所耳闻。

几乎所有的小队成员都属于极为稀缺的异能者或拥有见鬼之才之人,因此不难想象,其规模不会太大。

总之,就这样过去应该也没问题。美世吁了口气放下心来。

"而且,只是过去把车停下,不干什么,也不会跟队员们见面。"

"哦,是这样啊。"

在这个国家,汽车才刚刚开始普及,虽说在短时间内可以长距离移动极为便利,可能停车的地方却极其有限,想要在帝都走走转转,必须先把车停在某处。

两人聊着天,不知不觉间到达了第一个目的地。

入口处站着警卫人员,清霞从车窗探出头,也没被盘问什么就顺利放行了。不愧是队长大人。

美世觉得执勤所很像小学的校舍。

对异特务小队大本营里的房屋采用的是西洋建筑式样,形状大小都跟美世所上小学的外观有点类似,很好地融入了街景之中。当然,看似小学校园的训练场上列队的并非儿童,而是穿着军装的成年人。

"好了,走吧!"

在适当的位置停车后,二人从车里下来,朝正门走去。

"咦,队长!"

没走多远,背后传来一个懒洋洋的声音。只见一个穿军装的年轻男子朝他们走过来,清霞面露厌烦之色。

"五道。"

"队长,今天不是不值班嘛!"

"嗯,不错,不值班。我就是来停个车。"

"是这样啊!"

被叫作五道的队员耸耸肩朝美世这边瞄了一眼,他稚嫩的脸上现出一丝笑意,给人一种略显轻浮的印象。美世心生怯意,不由后退半步。

"哎,这位是……是哪位啊?"

"跟我一起的,别瞎打听!"

清霞冷冷地将对方怼了回去。可能五道对此早已习以为常,他满不在乎地"哦"了一声。

"那好吧,队长!明天可要正点来上班哦!"

"还要你说!赶紧回岗,你哪来的时间在这儿偷懒!"

"好吧好吧,知道啦!回见!"

美世略微迟疑了一下,冲着离去的五道欠了欠身。

两人再次迈步向前,清霞说:"那家伙目前是我的亲信,名叫五道。别看他那德行，他可是个异能高手。"

"噢……"

"真拿他没办法。"清霞一脸不快地说，"这小子老是这么油嘴滑舌。"

除了五道，之后再没遇上什么人。二人出了正门来到街上，刚才坐车经过时根本听不到的喧哗声一下子涌入耳中。这是个土洋混搭、杂乱无章的街区，高大的现代建筑物随处可见，活力满满的街道上人潮涌动。

好久没感受到的市区的空气果然独特，这比最初的想象更令美世兴奋。

"有什么想去的地方吗？"

"想去的地方？"

美世根本没想到他会征求自己的意见，吃惊不已。

"没有什么要买的，或是想要的东西？"

"没，没有。啊，是，没有。"

今天只是跟着清霞出门而已，本来就没打算买东西，加之物欲已被剥夺许久，猛一下子美世根本想不出想要什么。

见美世一脸为难，清霞"唔"了一声，表情放松下来。他脸上露出一丝迷人的微笑，任何人见了都会忍不住再多看几眼。

"哦，那陪我去买点东西吧！"

"遵命。"

春夏之交的这段时间天气晴好，最适合街头漫步。

身着华丽衣装的人们在路上来来往往,有轨电车从身边驶过,街道两旁林立着各种稀奇的店铺与设施。哪个场景都令美世感觉新鲜好玩、流连忘返,无意间竟然看得入了神。

清霞面色平和地盯着她。

"喜欢吗?"

"啊?……对……对不起!我走神了……"美世羞愧难当,又低头道歉。

一个随从只顾自己看景却把主人丢在一边,这真是岂有此理。自己的样子肯定像极了乡巴佬进城,真是要羞得抬不起头来了……亏得自己还一直住在帝都,怎能一出门就无谓地给清霞丢了人呢!

"不必介意,想看什么随便看好了,没人责怪你,我也不会。"

"可是……"

可是真可以这样吗?光是带自己这样的女子出门逛街就够丢人现眼了,自己再这样散漫的话岂不更失了清霞的颜面?

正胡思乱想时,一只大手轻轻按到美世头上。

"没必要想什么会不会给我添麻烦,约你出来的是我不是别人!"

"……"

"记下了?"

"……遵命。"

清霞的手势、表情还有话语都充满温情。尽管如此,却令她

莫名地感到一股难以言表的压力,美世点点头。

"不过,可不要东张西望地走错路啊!"

"遵命,我一定注意。"

"那就好!"

清霞的步调非常缓慢,美世知道他是在配合自己,感受到他的这般关爱与体贴,美世差点儿又要掉眼泪。

他善良至此,何来冷酷无情?如果自己身上有与他般配的地方,那一定会与他相伴终生。可惜没有,美世又对自己心生厌恶了。

"就是这里!"

清霞驻足的地方是家很大的布庄。从招牌及门店自身的氛围来看,想必是要用老字号或高级等词语来形容的那一类。店内铺着榻榻米,折叠式衣架上挂着漂亮的宽袖和服。色彩鲜艳、用来做夏装的布匹整齐地摆放在货架上。

第一次进布庄的美世看呆了。

"好大啊……"

"这里叫'铃岛屋',嗯,久堂家历来偏爱此店,听说这里还承做过帝王家的御衣。"

"真……真了不起啊……"

美世太紧张了,对清霞的解释只能毫无意义地随声附和。而且,美世突然对自己这身装扮担心到了无以复加的地步。尽管衣着不是特别怪异,但进到这种一流店铺里就难免显得过于寒酸。首先,穿在身上的和服的花纹及颜色就很难说是否与之相称。可能是父亲随口安排人做的,固然不便宜,却也不会是特别好的东西。

"久堂大人,欢迎光临!"

"今天要麻烦你了。"

一位气质优雅、刚刚步入老年的女子走过来恭恭敬敬地向清霞行了礼,她似乎是这家店铺的老板娘。此女端庄不失华贵,显然有着极佳的品位。

"容我免去客套,此前您问过的物品,本店已选出几件符合条件的了,里面请!"

清霞要买衣服吧?美世有点犹豫是不是要跟进去。正在发愣时,一位女店员微笑着走过来。

"小姐请这边来,请您多转转看看。"

"对……对啊……老爷,我在店里逛着等您……"美世磕磕绊绊地说道。

"你自己随便看看,有什么喜欢的就说,回去时买下来。"清霞说完进了店铺内室。

让老爷给自己买东西?这实在不敢当。这家店铺里的东西看起来净是高档货,哪一样都绝对不是自己可以随随便便张嘴向清霞索要的东西。而且无论贵贱,让清霞为自己买东西这件事本身就让美世于心不安。

"唉……"

美世痛感来错了地方,无奈之下只得由女店员陪着在店中逛起来。

进入里面的日式房间,清霞跟铃岛屋的女主人——桂子——面对面站住。整个房间里如起伏的波浪般满满地摆放着大批漂亮的女装面料。

"哈哈!久堂家的大少爷总算来啦!"

清霞打小就跟桂子认识,只要定制和服,他肯定会来这家店里,因此桂子对清霞的情况也算了如指掌。比如,迄今清霞不但未婚,甚至连个正式的恋人都没有。一提这事儿,清霞就头疼。

"其实并非如此……"

"别害臊嘛!大少爷带姑娘来,这不才是头一回嘛!"

这倒是事实。今天来这里,是因为听了百合江的讲述。

"美世小姐自己缝补旧衣服……"

她说美世竟然借针线盒自己缝补破损的衣服。百合江想让她别补了,但又考虑到美世可能不想被家里发现此事,便只好默默地关注着她。其实清霞自己也注意到了美世日常的衣着。

她的衣服旧得如同当地的贫农,甚至还不如他们。颜色花纹不配且不说,几乎哪件都破烂得让人心痛。此前的候选未婚妻们就算跟他软磨硬泡,清霞也没动过给她们买什么的念头。而现在他极为罕见地跑到这里,就是为给她买些衣服。并非有什么特别的意思。

"那有差不多适合她的吗？"

看着明显在转移话题的清霞,桂子憋不住地笑起来。

"呵呵,应该有吧！我觉得这个或这种浅色的料子就适合那位大小姐。"

嗯,清霞点点头。如桂子所言,考虑到季节因素,浅色和服想必不错,比如天蓝色、嫩绿色还有淡紫色都挺好。

听了桂子的建议,清霞还是拿不定主意。这时他忽地一抬眼,看到一匹布料。

"那个呢？"

"啊,那种品质也很好。不过要是现在开始动手做,做好后可能有点过季。"

那是一匹漂亮的樱花色面料,颜色虽浅,但感觉色调非常鲜亮,相当引人注目。这个颜色应该合适她吧！

清霞刚要想象一下,又慌忙打消这念头。我在干什么呀！我没有特别的意思,没有！任由别人想象的话,美世心里肯定很不舒服。或者倒不如说刚要开始想象的自己让人不舒服,尽管自己也老大不小了。

"用这个定做一套？"

"啊,这个可以吗？"

最终,清霞还是取下那匹樱花色面料递给了桂子。

"没问题。就算过了季,明年春天还能穿嘛！另外用这几块

面料再做几件,不用怕花钱!"

"知道啦!"

在桂子的推荐下,清霞自己也选了几个他觉得不错的颜色一并订了货。

"腰带和饰品这类的也麻烦你看着安排吧!"

"好的,没问题。哦,对了!"

桂子"啪"地一拍手,将边上放着的一个巴掌大的盒子拿了过来。

"今天您可以把这个带回去了。"

清霞接过来打开盒盖,确认过事前订好的物品在里面后点点头。

"啊,谢谢!这个我今天带回去,货款和衣服合在一起算。"

"好的……我说久堂大人!"

"怎么?"

清霞将盒子小心翼翼地收入怀中后,看了一眼表情严肃的桂子。她睁大眼睛显然要说些什么。

"请听好,绝不可以让那位小姐离开您!"

"啊?"

"那位小姐就是所谓的原石!头发、肌肤,连脸蛋儿都是!她的可塑空间不可估量!略加打磨,她将成为一位绝世美人,跟大少爷您相比甚至都不会逊色。"

桂子一辈子都在研究人的穿衣戴帽,显然她在这方面很有见地。当然清霞也并没有认为美世不是美女。

"您今天买的这些仅仅是个开始,今后要用少爷您的爱与财力不间断地进行打磨,那么一来……"

"那么一来?"

"毫无顾忌地打扮漂亮姑娘的乐趣便由心而生了!"

显然这才是她的心里话。

"咳,怎么会……还乐趣什么的,我刚才说过不是那个意思了!"

年龄跟清霞母亲差不多的桂子像个少女似的两眼生辉热情高涨,清霞看着她叹了口气。桂子倒也没什么不对,只是她的想法稍有点歪。

"还请多多关照。"清霞也没再深究,随口说道。

清霞从内室回到店里,见到美世正凝神盯着一样东西,追着她的视线一看,正是那匹樱花色面料。看来内室和店里展示的都是同样的东西。可是看她那表情……

美世那表情看上去不胜凄凉,像是在望着一件无法企及的东西。

"妈妈……"

一个细微到不侧耳倾听就几乎听不到的声音传入耳内。美世显然并没注意到清霞已返回店内。

清霞迟疑了一下,开口道:"看好那个了?"

"老……老爷!呃,我并不是想要的意思!"

"……"

"这布跟母亲遗留下来的和服颜色相似……啊,那遗物已经没了,我只是想起了它。"

"是这样啊!"

她一直惦记着那件遗物到底在哪里。清霞似乎没表现出厌恶的情绪,美世松了口气放下心来。

"还看中什么别的东西了吗?"

"没……没有,我现在什么都不缺。"

美世打心里不想要任何东西,所以才一直推辞。当然这也是因为清霞并没对她说过今天来店里的目的。如果说了,她肯定会一脸的过意不去,说不定会不好意思到连死的心都有。清霞很容易就能想象出她那副模样。清霞确信自己的判断没错。

"那回去吧!"

"遵命。"

"期待客人们再次光临!"

桂子和店员深鞠一躬,目送两人走出铃岛屋。

"好吃吗?"

"啊,好吃!甜甜的,很好吃!"

清霞和美世出了布庄来到一家甜品店想先歇歇脚垫垫肚子。虽然清霞说了不要拘谨、不必客套,可该点什么吃甚至要不要点都令美世犹豫不决，最后在清霞无声的压力下，美世选了店里推荐的豆沙水果凉粉，这个不贵。

只是跟清霞比往常更近距离地面对面坐在同一张桌子上带来的紧张感以及其他顾客注视他的目光实在令美世受不了，所以她并没能好好地品尝这道甜品。

一直在被人盯着看啊……刚一上街就这样了。尽管清霞就是自自然然地走在街上，但还是吸引了周围众人的目光。众人的这种心情，美世倒是能够理解。

久堂清霞堪称绝世美男子。一头不输女性的秀美长发，举手投足间透出的无可挑剔的高贵优雅，着实引人注目。即便远远地看着，也给人压倒性的美感。

这样的人物不可能不被关注。受此影响，美世招来了众多年轻女性愤愤不平的目光。凭什么这丫头跟那么帅的人在一起啊！这跟从百合江那里借来的杂志里连载的爱情小说中的场面很相似。这就是所谓的嫉妒，但在美世看来，那些女子完全误解了，她甚至想向她们所有人逐一解释挨个道歉。

她只是个随从！对天发誓，她跟这位先生什么关系也没有。她的未婚妻身份被解除后，她们想做什么都无所谓。能跟她们这样解释清楚该多好啊！这些话在美世心里念叨了不下一百次。

不过，当美世看到清霞那看似极为愉悦的表情后，心情慢慢平静下来，那些乱七八糟的念头也渐渐消失殆尽了。平常的他或是面无表情或是面沉似水,所以自己现在的担心显然是多余的。对美世而言,身处这种令她不踏实的环境中,不管清霞做出何种表情,都会让她吓得半死。

"从你脸上可看不出这东西好吃啊!"

"没、没有的事!"

豆馅儿、糯米粉团、凉粉,这些都不是美世能经常吃到的甜品,不可能不好吃。可能所有人都觉得好吃,肯定……

"……你真的不笑啊!"

美世被他这无意识的喃喃自语吓了一跳!

原来如此!不见一丝开心、没有一点儿觉得好吃的表情,这样的女子也许只会令人不快。

"呃……对不起!"

"哦,我并没有责怪你的意思,只是有点想看看你笑的样子,我对你笑的样子很感兴趣。"

老爷对自己笑的样子感兴趣?美世大感不解。

"老爷,您那样不正常吧?"

"……"

"啊,对……对不起!我失言了!真是太不知天高地厚了!实在对不起!"

"不正常",对一家之主说这样的话太失礼了。

自己好久没上街了,这次出门看到各种新鲜玩意儿,一时心浮气躁忘乎所以口不择言,还有比这更可恶的吗?换成香耶就不会捅这样的娄子。虽然香耶总是找自己的茬,但她冰雪聪明,绝不会被什么人问住。在歉意与自卑的双重夹击下,无意识间,美世又缩紧了身子。

"我没生气,用不着那么自卑自贱。"

"可是,我……"

"我们这样走下去的话,会慢慢建立起婚姻关系,因此不管有什么想法最好能坦诚相待。我很高兴你能像刚才那样直言不讳,不用道歉!"

美世一下子僵住了。婚姻关系……

他肯定还蒙在鼓里!肯定不知道自己没有异能,岂止如此,自己还没受过一般人都能受到的教育,根本无法担当起久堂家媳妇这样的角色。就算现在无所谓,以后结了婚进入上流社会,这些问题也绝对是无法隐瞒的!

美世轻轻放下手里的勺子。今天清霞给了自己太多。像这样能在这里开心地品茶、欣赏热闹的街景,享用这红豆沙凉粉真是很幸福。

自己也很感激他。但如果为他着想,即使被他怨恨,也该在此时此地亲口告诉他,自己应付不来,自己根本配不上他。

可是……

自己还是有所期望。自己想和他一起生活的再稍微长一点。可能的话,她想在他的身后支持他。因此现在美世还不敢对他坦白。当然美世也认识到自己这纯属想入非非,可即便如此,当

听到他说不想听她道歉，想听的是她的心里话时真是开心极了。

以后无论受到怎样的惩罚自己都能接受，因此……眼下，希望他能原谅自己。

"知……知道了。以后我会说出真心话。"

"那就好！"

清霞和善的笑容深深印刻在美世心中，这是第一次见面时根本无法想象的。再过一段这样的幸福生活后，就说出实情。美世在心底暗暗发誓。

清霞没刨根问底地追究美世面现忧郁的原因。就算不问，他也能很快弄清楚。他假装什么都没看见。结了账从甜品店出来后，两人接着逛街，进书店瞧了瞧，又去开满杜鹃花的公园转了转。

对身为同行者的清霞而言，没有比对什么都表现出新鲜感的美世更有趣的存在了，因此清霞也出乎意料地开心，至少他很满意偶尔能这样过过假日。然后他们又在时下流行的西餐厅吃了饭，等到取了车开回家时，日头已然偏西。

"老爷，今天太谢谢您了。"

到底还是太紧张，美世一下车就赶紧道谢。清霞感觉今天一天下来两人相处得已经很融洽了，但很显然她还远远不能自然地毫不拘谨地面对自己。

"应该谢谢你才是。不好意思啊,硬拉着你陪我。开心吗?"

"是的,非常开心!"

"那就好。以后再出去!"

"……遵命。"

清霞有点犹豫,现在该不该把揣在怀里的盒子拿出来?算了吧!感觉此时此刻当面交给她这东西似乎不太合适。给美世造成心理负担可不是自己的本意。

晚上,思来想去一番后,清霞趁美世洗澡时悄悄把盒子放在了她房间门口,就算她再客套,也不至于拒收放在门前的东西吧!

美世明白过来后会对自己说什么呢?清霞在居间喝着茶等着她的出现。不一会儿,他便听到美世从浴室出来走向房间的动静,转眼间她又到了居间。

"老……老爷,这是……"

不知她是刚洗过澡身子暖起来了,还是心里有点慌乱,身穿浴衣①的美世双颊微微泛红。

"乖乖收下!"

"是老爷您放在那里的吗?"

美世打开盒盖,战战兢兢地注视着里面的东西。盒子里放

---

① 浴衣:薄棉布做的长衫,一般在浴后穿,也有人穿此衣参加夏日祭或观赏焰火。

着一把梳子。这是一把雕刻着碎花图案的梳子。凭直觉,这梳子应该价格不菲,毕竟头发的整洁与梳子的好坏也是不无关系的。

清霞思来想去觉得现在能送美世的只有这东西,当然他是从实用角度考虑的。

"别问那么多了。"

问题在于男性向女子赠送梳子这一行为带有求婚的意思,因此不适合当作第一次赠送的礼物。因不便光明正大地送她,为避免误会,才弄成这般偷偷摸摸的样子。

"我不敢收这么贵重的礼物。"

"不必介意嘛。"

"可是……"

"不必介意!"

"那……是老爷您把它放在那里的啦?"

"……"

"老爷?"

"不要胡思乱想,好用不就行吗?"

无意义的问答展开后,清霞偷瞥了一眼美世,随后不禁睁大了眼睛。

"那么……遵命,我就收下了,老爷,谢谢您!"

美世脸上露出一丝浅浅的极难觉察的笑容。如花蕾含苞欲放,如坚冰慢慢融化,那是一丝纯洁甜美的微笑。

"我会好好用它的!"

"那就好!"

清霞的双唇、声音都在颤抖。

这是什么样的情感啊?是感动吗?还是兴奋、欢喜?各种各样的情感混杂在一起实在难以命名。硬要说出个名堂的话,那就是爱吧。

跟美世一起出门的几天后,明明已经过了规定的工作时间,清霞却独自一人在对异特务小队执勤所的队长室里盯着一份报告。这是他的一个搞情报工作的熟人送来的,此人很可靠,前段时间清霞托他办了此事——调查斋森美世。

清霞对这位情报员说,可能的话,希望得到斋森家内部的详细信息,因此,调查花的时间稍微长了一点。这位情报员问过斋森家的用人及前用人,他们所有人的口风似乎都很紧。

"经常说起的就是那些事儿。"情报员喀哧喀哧地挠着腮帮子说,两条眉毛耷拉成了八字形。

美世的生母去世,继母来填房,又因其女聪明伶俐,家里人便对美世百般侮辱万般虐待。

简单来说就是这种情况,的确是常见的现象。加之在异能传承家系中,有异能和没异能所受待遇可谓天壤之别。异能至上,没有异能就没有意义,几乎所有家庭都这么想。情报员打探出来并记录在调查报告里的有关斋森家的内情不堪入目。

"跟母亲遗留下来的和服颜色相似……啊,那遗物已经没了……"

清霞想起美世说的那句话。遗物被夺走丢弃的时候,她是怎样一种心情啊!虐待自己的继母和异母妹妹、对此视而不见的父亲、一旁围观的用人们,形单影只的美世身边就是这样一群人啊!

难怪,洗衣扫地做饭,连针线活儿她都抢着干!她既是斋森家的女儿又不是。她像个仆役似的被呼来唤去,连饭都吃不饱。她那瘦骨嶙峋的身体、破破烂烂的旧装、连笑一笑都不敢的表情,全都源自她的家庭啊!

清霞手上一用力,"咔嚓"一声手里握着的报告皱成一团。他胸中对那些施与美世重压的人们燃起一团怒火。而清霞自己也对美世吼了些相当严重的话。虽说不知者不怪,但他心里还是懊悔不已。

好在这就说得通了。美世没有异能,连见鬼之才都不具备。所以,她肯定认为跟自己的婚事会告吹。她表现得过于客套也是因为她觉得自己早晚会被扫地出门吧!

其实对清霞来说,有没有异能早就无关紧要了。此前的结婚对象也并非都是异能者,他跟富商家的姑娘、政客家的小姐都有过婚约。给清霞订下婚事的长辈,也就是他父亲,也并没规定久堂家的儿子非异能者不娶。仅仅是能融入这个家,并不以获取地位或财产为目的就足够了。清霞期盼的只是作为妻子融入这个家庭的女性,而美世能让自己这一愿望得以实现。因此,清霞没考虑过放手。

另外,还有一件事令清霞难以释怀。那就是美世母亲的娘家——那个薄刃家系。

久堂家、斋森家这些有异能传承的世家自古以来就作为臣下效忠帝王。为讨伐常人看不到的异形,异能不可或缺。另外,为平息战乱保障社稷安稳,无论在哪个时代,异能都被视为珍宝。异能的形式多种多样,有仅凭意念搬动物件的;有在空无一物的地方燃起火焰的;有随意操控水和风的;有瞬间便能移动到远处的;还有在空中漫步,隔着厚厚的墙看到墙那边的……

身上同时拥有多种异能的异能者也不少见。可这些雕虫小技根本没法跟薄刃家的异能相提并论,因为薄刃家的异能出类拔萃、独一无二且极度危险。

他们家传承的异能皆可干涉人心。操弄人的记忆、潜入人的梦境、读取人的思想,这些都还算危险度较低的,他们还有抹杀对手自我意识、制造出相关傀儡或幻象并使人精神错乱等能力。

薄刃家十分清楚自家能力的危险性,一旦使用不当,给国家造成的危害将比任何攻击性异能都大。因此,不知从何时起,他们便不再出现在大众视野中,只是默默地过着隐居生活。他们用独特的规矩约束自己的行为,严密提防异能信息泄漏,并且极少将血脉外传。为保证异能不被什么人利用,有时候他们甚至会拒绝帝王的命令。这位薄刃澄美嫁给斋森家是个极端的例外,可谓绝无仅有。清霞担心的就是这件事。

"唉……"

清霞不禁叹了口气。说实话,美世嫁过来清霞不但没有任何损失,甚至可以说有超出预期的利好。只是查不出薄刃家的底细这一点令清霞很不踏实。他也尝试过接触他们,但即便凭久堂家的实力也非常困难,他连他们的住处及联系方式都不得而知。他也托情报员查访过,但都无果而终。

"这是什么情况啊!"清霞扔下调查报告自言自语道,心里始终拿不出个好主意。

回过神来,已是夕阳西下。

清霞做好回家的准备,跟夜班队员打过招呼后便离开了执勤所。

细想起来,最近他回家的时间比以前早了。他以前在执勤所留宿的情况较多,太阳还没完全落下就踏上归途并不多见。现在因为每天在玄关迎候自己的美世的身姿令清霞感到心里非常踏实,真是妙不可言。于是,清霞很自然地就踩着她的饭点儿往家赶。真不像自己的作风啊!

从两人一同外出的那天夜里开始,清霞就对行为怪异的自己彻底失去了把控。他很害怕在不久的将来,铃岛屋的桂子所说的那种状态会成为现实。他即便没有那种类似变态的想法,也能想象出什么都想买给美世的自己的样子。

清霞有些厌女情结。

自小时候起清霞就因被众多女性纠缠不休而深感厌烦,其中他最厌恶的就是喜欢花里胡哨、穷奢极欲又脾气暴躁的母亲。

大学时代,曾有学长对他说当成体验又何妨,清霞便也模仿着他们交往了几个女朋友,结果却愈发加重了这种厌女情结。到头来竟落到了连嗅到女佣超出必要的浓妆香粉气味、听到她们嗲声嗲气的话声都心烦意乱的境地。

尽管现在能强作欢颜一笑了之,但除了百合江、桂子等几位知己,面对其他女性时,清霞总是尽量留意着与之保持距离并不显示出任何关心与兴趣。

即便如此,因主宅内女佣太多,常有暗送秋波者弄得他心绪不宁,不得已他只好搬到了这座小宅院里。

可现在这是怎么了?喜欢跟妙龄女子住在一起这种事儿,如果说给几年前的自己听,自己肯定不会相信。

清霞自嘲地哼了一声,突然觉察到一丝危险的气息,不禁停下脚步。有什么东西正尾随着自己。来自身后的视线,不止一个。听不到脚步和喘息,只传来沙沙拉拉的声响,似乎不是一个大活人发出的声音。

哪儿来的什么混账东西!蠢到要刺探我吗?清霞暗忖。

既然能驱动一个非人类的东西,那肯定是某个异能者在操控,不知死活的东西!要么就是对自己的能力充满绝对的自信?

这还是在执勤所控制范围内,周边没什么人气。这里的门卫没有见鬼之才,也没设置禁区,非人类生物可以随便出入。不过这都是有意设好的圈套,为的是紧急时刻可以把这个极不显眼的执勤所变成猎杀异形的战场。

"真是个蠢货!"

清霞微微动动手指,一些试图抵抗他意念的小东西从暗处被硬拖了出来。无数手掌大小、形状既非鸟又非人的纸符悬浮在空中。它们现在全都自动停止活动,在空中保持着静止状态。质问它们来自哪里想必也是白搭,这些都不过是被对方用作眼线的纸片而已。

"无聊至极!"

清霞嘟囔了一句转过身来,身后"嘭"地燃起一团蓝色火焰,将静止在空中的纸符燃烧殆尽。要知道,正是因为能够挥洒自如地施展身上的各种能力,清霞才被誉为当代第一异能者。

对方并没什么多么了不得的手段。不过到底是谁干的呢?一种不祥的预感在脑中掠过,清霞坐进汽车,匆匆驶上归途。

第三章　送给未婚夫的礼物

早晨，美世跟往常一样送走清霞，接着叫住走向庭院准备去洗衣服的百合江。

"美世小姐有事吗？"

"呃，我想跟百合江婆婆商量点事儿。"

"哎呀呀！什么事呀？"百合江笑嘻嘻地问，"真是太高兴了，美世小姐能找百合江我商量！"

百合江的确高兴地合不拢嘴。

两人一同返回居间，面对面坐下后聊了起来。

"其实，我想送给老爷点什么礼物。"

"是嘛！"

是啊，美世现在正愁得要命。在收下清霞那把相当昂贵的梳子之后，美世就一直在合计这事儿。还不光是梳子。在那之后，她又收了保养梳子用的椿油，可自己从来到这个家到现在还没拿出过什么谢礼。嘴上表达谢意固然重要，但那远远不够，美世想把这份心意以礼物的形式表现出来。

可送点什么合适呢,美世一点儿头绪都没有。本来美世能拿得出手的就不可能是什么了不起的东西,送点不怎么值钱也不太贵重的东西,才不会让对方为难吧?

美世左思右想也没想出个所以然,于是想到跟百合江商量商量。

"送什么礼物能让老爷高兴呢?"

美世倒也不是没钱。离开斋森家时父亲给了些钱,数量不多,美世一直留着以备不时之需。

美世眉梢耷拉下来,将叹息声憋了回去。

"我手里的钱实在太少……根本买不起能送给老爷的东西。"

"啊,原来是这样啊,难得您有这番心意,送个少爷平常能用的东西就好嘛!"

"是啊!"

"那这礼物由美世小姐亲手做出来才好!"

"亲手做出来……"

美世也这样想过,买不起的话,就只能自己动手做了。只是从小身边就不缺好东西的清霞对一般物件根本就看不上眼吧,美世担心送给他自己做的礼物会太寒碜。

他要是那么想也没办法,但可能的话,美世还是希望他开心。美世来到这里之后一直都很开心。她把自己的心思一说,百合江也笑得更开心了。

"美世小姐真是心地善良啊！不用怕,少爷决不会觉得寒碜！美世小姐亲手做的礼物,不管什么他肯定都喜欢！"

"会那样吗？"

"对,没问题！"

得到百合江强有力的支持后,美世竟不可思议地觉得不必那么胆怯了。说把清霞抚养成人都不为过的百合江既然都这么说了,那就更没问题了。

"我能做出来的东西……"

"啊,有啦！"

百合江急匆匆地跑去了哪里,回来时手里拿着一本书。

"从这里面选选看吧！"

美世接过来,这是本面向女生的书,书里介绍了平常能用得上的小物件的做法。

有了这本书,说不定我也能做出来。美世暗忖。

美世哗啦哗啦地翻着书,里面净是些用衣服的碎布片就能很简单地做出来的东西,而且看起来也花不了多长时间。

必须在把事情挑明前做好送给他,自己煞费苦心做的礼物一定要避免出错。美世默默下定决心。

"找到合适的请说一声,百合江我也来帮您！"

"好啊,谢谢您！"

美世姑且将书放在一个不碍事的地方。

上午,跟百合江把全部家务都做完后,美世回到自己的房间,重新开始斟酌制作礼物的事。

"好厉害……真漂亮!"

美世翻动书页,书中的手绘插画栩栩如生,各种精美小物件的图解做法简明易懂,光是看着就令她激动不已。

"荷包挺简单啊,手帕看起来也不错。"

书中介绍的小物件的种类远比想象的要丰富,美世正看得眼花缭乱,手指突然在其中一页上停下来。

"这是……"

丝绦。

用五颜六色的线束编结而成的丝绦,仅凭一张图便令人眼前一亮心驰神往。有几种编法细腻的图案哪个看起来都很适合清霞,美世对此很有把握。

做这个的话,钱应该够,也能派上用场。就是它啦!虽然不知道能不能做得跟插画一样漂亮,但其他的选项美世已不再考虑。

跟百合江一说,她看看那一页也点头赞成。

因为必须出门购买材料,清霞到家后美世马上上前请示。

"老爷,这两天我稍微出去一会儿可以吗?"

"怎么?缺什么东西?"

可能是心理作用,清霞显得很不放心。他可能想起了前几天美世对外出很不习惯的样子。

"是的,有点东西想自己挑选一下买回来。……不可以吗?"

"哪里,当然可以!你自己去?"

"我想白天跟百合江婆婆一起去。"

美世也确实没有独自外出的胆量,想利用白天时间请百合江陪自己去。这两件事,清霞很快都答应了。

"不会有危险吗?"

"应该没问题。"

为使清霞放心,美世一个劲儿地点头。

"……我一起去不可以吗?"

清霞眉间依然拧着个大疙瘩。他如此担心自己,美世很是感激,但现在就被清霞知道的话实在太难为情,而且也不应该让公务繁忙的他来陪自己。

"呃……是的。不过,我没问题。"

"那好吧!"

看到叹了口气的清霞略显遗憾的样子,美世觉得这肯定是自己的心理作用。

"那路上小心,莫跟陌生人跑了!"

"……都记下了,老爷您言重了!"

已经不是小孩子了,这点事理美世还是懂的。只是出去买点便宜的丝线,时间不会太长,百合江也陪着,没那么危险。美世期盼着外出那天的到来。第一次自己挑选丝线,自然很期盼,编织丝绦就更不用说了。

美世决定了,送发绳给清霞。将编好的丝绦做成发绳送给他,这礼物配一头长发的清霞肯定再合适不过。

跟百合江外出那天的早晨,清霞一脸严肃地递过来一个巴掌大小的袋子。

"这是?"

"护身符,今天出去时带身上!"

"谢……谢谢您!"

这怎么看都是神社里卖的那种普通护身符。美世一边思量着最多不过两三小时的外出有必要这么小题大做吗,一边郑重其事地将护身符塞进和服腰带内。

"听好,绝对不能忘记,这东西一刻也不要离身!"

"遵命!"

"真听明白了吗?"

"听……听明白了!"

见清霞这么关心自己,美世心中窃喜,差点儿笑出来,她慌忙用手捂住嘴。

"真没办法……"

双眉紧锁、赌气似的把脸拧向一边的清霞从美世手里接过公文包,心神不安地上班去了。

最近，家里的气氛异常紧张。而辰石幸次则度过了他有生以来最郁闷的一段日子。辰石家的当主——他的父亲——心情不佳是导致他郁闷的一个很大的原因。可以说几乎每次走过书房门前时，他都能听到父亲的怒吼声或打碎东西的声响。

父亲可能是因为事态的发展未能如愿而焦躁不安，而幸次觉得本该如此暴怒的人该是自己。

面对狂躁至此的父亲，身为继承人的哥哥竟对他说"干得漂亮！"，完全是一副事不关己的态度，母亲吓得躲了起来，谁也指望不上。用人们个个噤若寒蝉，生怕惹父亲不高兴。这一切使得宅内的气氛更加恶劣，片刻不得安生。

经常有人夸幸次性格稳重，他也确实极少对什么人发脾气，但这并不意味着他一点儿激情都没有。

"我说幸次君，陪我去买东西吧？"

哦，是这位！来人正是娇声娇气地走近前来的未婚妻。父亲的行为就够让他上火的了，想想往后几十年不得不跟这个女人一起过日子，他的心情就更加沉重了。

幸次小时候就很喜欢美世。她善良温顺，默默地忍受着家里的虐待，这些都深深地吸引着幸次。偶尔见次面，看到她弱不禁风的样子和那欲哭无泪的表情，幸次便生出一种自己必须保护她的强烈情感。

她是长女，自己是次子，两家人也有来往，将来他俩在一起的可能性应该不低。尽管如此……

最终揭开谜底时,幸次的未婚妻竟是那个一直虐待美世的香耶,而美世却被逐出家门去了遥不可及的地方。更可恨的是,据说父亲最初竟然谋划要将美世许配给哥哥!几乎所有人都只是把她当作工具,毫无怜惜之心。因此,对幸次来说,不管是自己所在的辰石家,还是粗暴对待美世并将其抛弃的斋森家其实都可恶至极。

"买东西?好啊,知道了,走吧!"

即便如此,幸次仍对未婚妻笑脸相迎。

心里压着一堆烂事却什么也不说,他依然是人们眼里的"好青年"辰石幸次。

原因很简单。假如幸次拒绝与香耶的婚事转过头来选择美世,那么自尊心强到变态的香耶及其母亲香乃子肯定会将矛头指向美世。而不管在美世身上发生什么不好的事,幸次都无法忍受。因此幸次比任何人都更近距离地监视着斋森家,绝不允许自己心爱的人受到伤害。

能够保护美世的只有自己了。幸次再次坚定了自己的决心,将真情实感掩饰好后走近香耶。

美世跟百合江走在人多路窄的小道上,相互提醒着对方以免走散。她俩按预定时间走上大街。这一区域稍微远离现代建筑林立的繁华主街,聚集的多是老店。即便不开车,从家里走来也就三十分钟,配合百合江较慢的步调,她们大约用了四十分钟走到了目的地。百合江引路,带美世走向她们要找的手工艺品的商店。

美世虽然会做针线活,但在被当作用人使唤后,就只能找些别人剩下的布头和丝线用,来这种店铺还是头一次。

"哇……好多啊!"

五颜六色的丝线、花样繁多的布料,连针和剪刀都一应俱全,满满地摆了一大溜。店里虽然很安静,但美世却被眼前这色彩斑斓的景致撩拨得激动不已。

这商店算是更接近杂货铺吧,来买东西的既有中年妇女,也有眉飞色舞地评头论足的女学生。

"美世小姐,您要选哪种?"

"哎呀,是啊,选哪种呢?"

清霞喜欢什么颜色啊?哦,应该选适合他的颜色!

首先,清霞不会喜欢太花哨的颜色。深色的发绳才配清霞那头浅色的长发,最好避免使用黄色或亮丽的红色。藏青色或蓝色挺搭配,但太搭配未免显得没特色。清霞平时用黑发绳,选这两个颜色跟黑色没什么大区别。

"怎么办啊!该选哪种呢?"

见百合江一直笑眯眯地盯着自己,美世更为难了。不过为难的这段时间里美世也丝毫没感到痛苦,反而觉得很特别、很幸福。

　　自己主动为什么人做点什么,这种事此前她连想都不敢想。忍受对方的无理要求,冷漠地将对方命令的事情做完,才是美世的生活状态。以前自己真不知道想象着某人喜悦的笑脸做点什么竟如此快乐。即便这种生活无法长久持续下去,也要向让自己品味到这幸福时光的清霞表示感谢。

　　美世手上挑选着丝线,脸上却很自然地露出了微笑。她绞尽脑汁地对比了一番,最终全都挑选出来时,已过去相当长的时间。现在直接步行回去,到家也得过午。好在钱够,美世放下心来。结完账,两人走出了商店。

　　"找到合适的颜色真是太好啦!"

　　"是啊,往下就等着编起来啦!"

　　找到了满意的颜色,真想早点编出发绳送给清霞。他收到后说不定会很高兴,毕竟这是美世这个新手用自己能买得起的丝线第一次亲手做的礼物嘛!

　　尽管如此,他收到礼物时到底会是什么样的表情呢?美世的心狂跳不已,她很期待那一刻的到来。她感觉自己宛如深陷梦中,脚下甚至轻飘飘的,体温也有点升高了。

　　"啊!有件事!"

　　"百合江婆婆怎么了?"

　　并肩而行的百合江突然停下脚步叫起来。

　　"美世小姐,百合江我要去买盐,请您在这里稍等一下。"

　　"盐?"

啊,的确,美世也想起来了。厨房里的盐快用光了,而且因为有点小纰漏商贩暂时还送不来,所以在那之前她们一直用得小心翼翼。

好在这附近便能买到,百合江能想起来真是太好了。

"不会用多长时间。"

"那我去吧?"

"可别,美世小姐您就等在这儿。"百合江笑笑说,"这是百合江我该干的活儿,可不能让给您。"说完百合江便买盐去了。

美世稍微一犹豫,心里还在想应该一起去的时候,百合江已不见踪影。

美世留意着尽量不碍事地站在路边街灯旁。熙熙攘攘的行人从美世面前走过,刚才她还兴奋不已,可一旦孤单下来,突然就没那么有精神了。总感觉心里没底……

望着川流不息的人群,美世感觉站立在这里的自己像是被孤零零地抛下了,心里有种难以言说的忐忑。百合江再不快点回来,她就想到她去的店那边找找,可又看不太清楚不知她去了哪里。无奈,美世只好低头盯着脚下。

就在这时。

"哎呀!这不是姐姐大人嘛!"

美世顿时感觉后背上窜起一股寒意。

不会吧!这个嗲声嗲气的声音,美世不可能听错,在斋森家时每听到这个声音美世都会僵住。

唉,为什么早没想到来这片街市可能会遇到她们呢!街头的喧嚣瞬间远去,美世一下子面无血色。

"香……香耶……"

一回身,有幸次陪在旁边的香耶脸上挂着甜美的微笑站在美世面前。

好久没见了,有一半血缘关系的妹妹依然非常漂亮。她美貌依旧,穿着杏色面料上配着百合花纹样的单衣,已有了初夏凉爽的感觉。她那引人注目的优雅举止让人一眼便知这是位名门小姐。仙女般天真无邪的笑容,更令经过她身边的男人全都将目光牢牢地钉在她的身上。但美世最清楚,从这位纯洁的千金小姐嘴里吐出的每个字都极其恶毒。

"嘿嘿,没想到会在这里见着你啊!真是意外!不过我确实没想过姐姐大人竟然还活着啊!"

她嘴角上挂着一抹优雅的微笑,眼睛里却流露出一丝嘲讽之色,她说:"还以为你早就死在什么地方了呢!"

如果不听香耶说什么,看场面肯定像是一位漂亮的大家闺秀在担心一个气色不佳潦倒不堪的贫困女子。其实所有人都被香耶那完美的外表和甜美的嗓音蒙骗了。

"哎呀,你穿得还是这么寒酸啊,在街上转来转去的,是给久堂大人赶出来了吧!可怜的姐姐大人啊!"

"没……没有的事……"

美世嘴里发干,大脑一片空白,一时间什么话也说不出来。

"香耶,别这样!"

站在香耶身旁的幸次,焦急地想要探身向前。

"幸次君少插嘴!"

香耶脸上依旧带着笑,看都没看幸次一眼,厉声打断了他,那表情像在期待着再说点什么来挖苦美世。

在这人来人往的地方香耶应该不会乱来吧。

美世心里虽然这么想,但长久以来植于心中的恐惧令她不知所措。除了一动不动忍气吞声,她想不出什么应对的办法。

"算了,没办法嘛!什么也不会的姐姐大人不可能配得上久堂大人嘛!就算给轰出来,也是理所当然喽!还能留下条命就算赚到了吧?"

"……"

"或者,是不是已经倒霉到让姐姐大人觉得还不如死了好呢?我可想象不出来。"

香耶明媚地笑起来,那笑容千娇百媚楚楚动人。好久没这样讥讽异母姐姐了,她似乎异常兴奋。香耶炫耀似的紧紧搂着幸次,尽情嘲笑着低头不语浑身颤抖的美世。

"够了!走吧香耶!"

"说了要幸次君闭嘴嘛!姐姐大人,要是钱不够花就说一声啊!趴在地上使劲儿求我的话,也许我会考虑的呦!"

"我……我……"

美世想反驳几句。在斋森家是不允许美世顶撞香耶的。不

过现在就算顶撞了也不会有什么吧,美世已被赶出斋森家,而且肯定也不会再回去了。

将多年来饱尝的辛酸以及积压在心头的怨言在此时此刻彻底喷发出来不正好嘛!虽有这份心思,可美世无论如何都说不出一个字来反抗香耶。

"哎呀!还是这样?永远不吭声?不管到哪儿都一样啊,姐姐大人!"

"对……对不起!"

对没有任何改变的自己最失望的就是美世本人。被清霞叱责"不许道歉"后,还以为自己稍微有了点改变,可只是在妹妹面前就又浑身颤抖低头道歉了。没有什么比被恐惧支配更可怕。美世紧握的双手已经泛白,视线渐渐模糊。

被清霞和百合江的善良打动后,美世日渐松动的内心壁垒即将坍塌,泪水马上就要滚落下来。

可是在这里怎么能哭啊!决不能给香耶可乘之机!表现得这么懦弱,只会让她更得意!

"美世小姐!"

听到背后传来的声音,美世放下心来,回头一看,正是买盐回来的百合江。

"让您久等啦!这两位是什么人啊?"

"这……这是……"

"午安!您是我家姐姐的朋友吧?我是斋森美世的妹妹香

耶,我家姐姐受您关照啦!"

香耶对面现疑惑的百合江露出招人喜爱的亲切可人的笑脸,无论谁见到这张笑脸都会毫不怀疑地认定她是个心善之人。啊,这样一来,百合江也要抛弃自己站到香耶那边吧!说不定清霞早晚也会。

不要!绝对……不能这样!怎样才能留住他啊?无论怎样绞尽脑汁,美世都想不出阻止清霞被迷惑的办法。美世对香耶没有丝毫胜算,也没什么手段能挽留住什么人来支持自己。

好在有只手救出了感觉已被关进黑暗洞穴里的美世。百合江将手轻轻贴在又下意识地缩成一团的美世后背上。

"初次见面,我叫百合江。我这老婆子可不敢跟美世小姐做朋友!美世小姐可是将要成为我家当主太太的贵宾呐!"

美世感受到百合江贴在自己后背上的手的温暖,气息也顺畅了不少。

"您说太太?"

香耶睁大眼睛,显然吃了一惊。

"对!美世小姐是老婆子我侍奉的久堂清霞大人的未来夫人!"

"什么!"

百合江的声音听起来比平时更严肃更坚定,而且充满自豪。这竟令香耶产生了一丝畏惧。

"啊,哎呀!久堂大人对娶我家姐姐这样的人做妻子很满意

吗？这倒真够贴心啊！或者只不过是有点兴趣？街评巷议可真靠不住啊！"

香耶用袖口遮住嘴角来掩盖脸上的表情。外人确实无法轻易揭开她的面具。不过，在百合江面前，香耶已经不敢明目张胆地说美世坏话了。

"那么姐姐大人，先聊到这儿，告辞！"

香耶皮笑肉不笑地拉起幸次的胳膊走远了。

美世长吁一口气，紧绷着的身体终于放松下来。

"美世小姐，回家吧！"

"好的！"

美世甚至不敢抬头看一眼语气平和地催促自己的百合江。

自己被妹妹尽情嘲讽却毫无还嘴之力，只能怯懦地俯身垂首的样子，肯定被百合江看在眼里了。这岂不是会让她对身为清霞未婚妻的自己失去信任？

对于香耶的诸多恶毒言语，时至今日美世几乎不再去想，这些她都想开了。尽管当时未能反唇相讥略有不甘，但她决不会因此就要回到过去。可令百合江失望就太可怕了。

尽管美世对自己不适合做清霞妻子这一事实心知肚明，但她实在害怕真有一天由百合江或听说此事的清霞说出"不适合"这几个字。纠结送清霞什么礼物时的忐忑与兴奋早已沉到了地下深渊。

真厌恶这样的自己。回家路上，美世始终一言不发。百合江也像是觉察到了什么,没主动搭腔,两人一路上都沉默无语。

美世一路盯着自己的脚尖,走过喧闹的主路离开街市又穿过乡村小道。跟心情沉重的美世形成对照的是,在略感炎热的阳光的照耀下,延绵不断的田间小路显得异常悠闲恬静。

就这样到了家,百合江总算开口道:"美世小姐,赶紧吃午饭吧!"

"……啊,我就不吃了。"

"美世小姐?"

"谢谢您今天陪我出去,也请百合江婆婆好好歇歇吧!"

美世甚至不敢看她。百合江的眼神里会是什么样的色彩?她连看一眼都不敢。美世把百合江扔在玄关冲进了自己的房间,关上拉门后无力地瘫坐下来,精神恍惚地盯着榻榻米的接缝处。

……我真是没用啊!为什么总是这样?总是这样什么也做不成?自己就是不如别人、不如异母妹妹吗?真不知道自己可怜成这样还有什么脸活下去!

就在美世踏进家门时,清霞到了她的娘家——斋森府上。

听说美世要外出,清霞虽然担心却也只能委托百合江关照,他自己则请假出来,为的是跟斋森家聊一聊。

斋森家位于帝都一角,即便地处众多富裕人家聚居的区域,

他家的房屋也明显算是豪宅。

清霞本家,即久堂家的主宅是上辈人建的西式府邸,斋森家却是纯日式。可能是在帝王因时代变迁从旧都移居帝都时就已经在这里建成了吧,看起来很有年代感、很有品位的样子。可惜,跟宅邸外观大相径庭的是住在里面的人,他们腐烂透顶。

清霞到达时,已有用人等候在门前,并以一种不可思议的谦恭姿态将清霞引入了院内。

"恭候多时啦,久堂大人!欢迎欢迎!"

斋森家当主斋森真一亲自到玄关迎接。虽然他的表情也好态度也罢没表现出明显的亲近感,但清霞明白那就是在讨好自己。

热烈欢迎的样子是装出来的。他应该明白吧!清霞可是自家长年虐待的女儿的未婚夫啊!时至今日才想起跟清霞构建良好关系,还有比这更可笑的吗?特别是清霞先前就对这家人评价极低。

也许在他们看来,包括清霞在内,任何人对美世的存在都抱以蔑视的态度才算正常,或者要将其体面地逐出家门并彻底忘却才满意。无论哪种做法,都令清霞感到恶心。

"……突然来访实在冒昧,欢迎可不敢当啊!"

清霞使劲儿克制住自己即将爆发出来的负面情绪,掩饰住厌恶的表情。跟他们实在亲近不起来啊!

"哪里哪里,久堂大人专程登门乃吾辈之无上荣光!来,里面请!"

在真一的催促下,清霞步入长廊。此时,真一的妻子香乃子闪入清霞的视线。

从她站在丈夫斜后方貌似贤淑的姿态上读取不到太多信息。不过,想到她披着贤淑之妻的皮囊对美世做出的极端恶毒的勾当,便愈发加重了清霞心里的不快。

来到客厅,两人面对面坐下。放眼窗外,只见打扫得干干净净的庭院里一大片矮松郁郁葱葱。

先开口的是真一。

"呃,久堂大人,今日来此有何贵干?"

"……有关令爱,美世。"清霞直视着真一说道,后者略微一耸肩,皱起眉头。

"那丫头怎么啦?"

他竟然问"怎么啦"?他会问出这种愚蠢的问题?真一的表情显示出他做梦也想不到自己会遭受指责。

"我要跟她签订婚约,以后会考虑正式结婚。"

"……是嘛!"

经过片刻微妙的迟疑后,真一面不改色地点点头。可是躲在角落里的香乃子却睁大了眼睛,像是一下子屏住了呼吸。

"因此,本人考虑最好把两家的关系搞清楚。"

"嗯?您说两家的关系?"

"本来,处于你我这种地位,应依据相应的利害关系考虑婚

事成立与否。只是这桩婚事,本人对向贵方提供任何形式的利益都略有抵触情绪。"

没办法清霞只能说得这么拐弯抹角。怎么可能直截了当地言明呢!不可能让你们事事如意!

"呃,此话怎讲?"

"听不懂吗?"

清霞的目光渐渐锐利起来。而真一的眼神开始忽左忽右地游移不定。

"这门婚事不会给我家带来回报,是这个意思吧?不过……"

清霞抬起一只手,制止住越说越来劲的真一。清霞本打算瞒着美世直接让斋森家跟她断绝亲缘关系,比如让他们写个保证书,写明今后斋森家的一切事务都与她及她嫁入的久堂家无关。可这样就算能拯救美世的未来,也依旧无法消除美世过去遭受的心灵创伤。而且,恐怕今后美世的精神世界会一直被囚禁在有关这个家庭的回忆里。因此……

"有个条件!"

"……"

"如果你们能真心诚意地当面向美世道歉,本人会考虑多准备点订婚聘礼。"

真一的表情看不出任何变化,拳头却一下子握紧了。香乃子则咬牙切齿,一副心里一百个不服气的表情。

调查得知，斋森家作为异能传承之家，已开始走下坡路。能支撑家系的香耶虽有见鬼之才，却也没有多少强大。今后，只要香耶的孩子不具备与生俱来的超强异能，那他们家要完成帝王吩咐下来的任务将变得异常困难。

依靠此前的积蓄，他家的地位与财富即便不至于急转直下，也不可避免地要衰败下去。与其常有来往的辰石家也面临着类似的危机，不太可能相互扶持。

考虑到以后的形势，真一现在肯定是不管是金钱还是什么，能得到的都想先抓到手里吧。

"道歉？"

"你不想道歉我也不会强求，只需你从此与美世断绝一切关系。不过，请提前有个心理准备，你们对美世做过什么，本人基本都知道。"

香乃子叫了声"夫君！"，求救似的盯着真一。

这算自食恶果吗？继父母与子女关系融洽的大有人在。这家人也一样，只要明白孩子是无辜的，便应该同其构筑起良好的关系。把美世当作出气筒，将自己的积怨全都发泄到她身上毁掉她的人生，可谓罪孽深重。事到如今再想掩饰可就没那么简单了。

清霞目不转睛地盯着真一，后者一度紧闭双眼，额头上甚至冒出了汗珠。接着，他呻吟似的开口道："容我稍稍考虑一下。"

这就是他给出的回答。

"知道了,不过,我等不了太久!"

"……好吧。"

清霞站起身来,他已无法掩饰自己的不快。

可能因为过于焦躁,真一的肩头在不住地颤抖,他甚至没能起身送清霞出门。

斋森香耶开心地在街上买了一会儿东西,回到家穿过院门,发现里面弥漫着一种奇异的紧张气氛。

"有客人吗?"好像有客人来了,真麻烦!

香耶现在有点儿兴奋。虽然在街上突然与异母姐姐不期而遇,但见到她并没觉得不开心,就算不开心了,痛骂她一顿,心里的闷气也会很快烟消云散。

只是想起刚才的经历,香耶不禁皱起眉头。自己的未婚夫幸次竟然要袒护异母姐姐,这位异母姐姐竟然还没被久堂家赶出来!没有比这更令她气恼的了。

不过从她那身装束来看,异母姐姐就算还没被赶出来,肯定也没被当回事儿,肯定没人理她吧!这样宽慰自己一番后,她平静下来,可还是有种不祥的预感,心里很不踏实。

"香耶,稍微镇定点嘛……"

"你在说什么啊,幸次君!反正你就是向着姐姐!算了算了,用不着特地跟我说些好听的!"

香耶噘起嘴,扭脸背对着走在身旁的幸次。幸次耸耸肩,没吱声。

他为什么不说话啊！这时不应该说一句"没有的事儿"来否定我吗？只要摸摸我的头哄我两句,我就可以原谅他的！我真要跟这么迟钝的幸次结婚？这婚事说不定还真得重新考虑考虑。

香耶正在心里怒骂幸次,忽听自己这位未婚夫"啊"地叫了一声。

"怎么……哎？那位先生是客人？"

香耶和幸次踏入玄关之时,刚好看到一个高个男子从客厅出来。男子穿着军装,看起来很年轻,但从徽章上看,他地位似乎相当高。为避免失礼,香耶连忙微微点头。擦肩而过时,忽地抬眼与男子的目光瞬间碰在一起。

哇,这人好漂亮！香耶吃了一惊。

他旋即眯起的眼睛中闪着冰冷锐利的寒光,香耶像被利箭射中似的身体猛地一缩,他美得令人胆寒啊！他身形高挑优雅,却给人一种完全可以依靠的感觉。他踏出的每一步都高雅得令人过目难忘。香耶愣了好久,呆呆地目送男子长发飘逸的背影渐渐远去。

从斋森家告辞出来,清霞经由办公地回到家中,不知为什么百合江还没回去。平常的话,这个时间她应该回家了。

美世跟在百合江身边,不过,她的样子有点奇怪。

"老爷您回来啦!"

"少爷您回来啦!"

感觉美世确实有点神不守舍,而百合江看她的眼神则像是要对她说点什么。两人间的气氛很不自然。

"我回来了。……怎么啦?"

"有件事……"

"没事!"

百合江正要说什么,美世打断了她。

"对不起,没什么。"

"美世小姐!"

百合江像是在责备美世似的叫着她的名字,清霞眉头一皱。他捕捉不到美世的眼神。最近她抬头说话的时候多起来了,而且说话时也能目光相视。可现在,简直像是又回到了刚来的时候。

"出什么事了吗?"

"真的没什么!我先下去了。"

平日这会正是两人一起吃晚饭的时间,而今天,美世却微微一躬后跑回房间把自己关在了里面。

这是……出什么事了吧?清霞当即明白过来,看看留在原地的百合江,她似乎很难过地垂着头。

"少爷对不起啊!百合江我倒是跟着去了……"

"莫非在外面遇上什么事了?"

"是啊……"

事情很顺利地办完了。可就在百合江稍一离眼的当儿,美世遇见了异母妹妹,那个异母妹妹实在太盛气凌人了。

听着百合江的讲述,清霞不禁啧啧连声。莫非这是在自己跟斋森家摊牌时发生的事?在斋森家门口跟香耶错身而过时对她说点什么就好了,主次颠倒得真不是个时候!

"这下子,美世小姐直到少爷您回来前,都像现在这样闷在屋里。百合江我是担心得不得了啊,想回家也回不了啦!"

清霞还没对百合江说过美世在斋森家过的是怎样的日子。当然他并非不打算跟百合江说。百合江跟美世在一起的时间更长,说出来的话她肯定能帮上忙,只是……

清霞意识到自己出手晚了。他顿时产生了一种无力感。

自己做得还远远不够啊!这种时候,真不知道该说点什么、做点什么来安慰她鼓励她。迄今为止,清霞已亲手毁掉了很多次结婚的机会,说不定自己真不适合结婚。此时此刻他只会思来想去犹犹豫豫,什么行动都没有,或许会被她认为自己太冷漠吧!

即便那样,也要保护好美世!因为自己很想看到送她梳子时她那纯真的笑脸。

"怎样才能让她重拾自信啊?"

"就这点儿事啊!"百合江对喃喃自语的清霞笑道。

"这不明摆着嘛,少爷!女孩子被珍爱才会有自信呀!所以嘛少爷,从现在起您要更加努力地让她知道您爱她,会好好对她,美世小姐肯定会坚强起来的!"

"……"

是爱啊!清霞对美世抱有的感情能称为"爱"吗?说到底,他自己也不清楚。但至少,应把自己今后要做什么告诉她。

"这样她就能打起精神来了。"

无论如何都要说出口。清霞下定决心。因为时间已晚,清霞开车将百合江送了回去。返回家里后,清霞来到美世房间前。

"是我。有几句话要说,可以吗?"

听到清霞说话,拉门稍稍开了一点,美世从门缝中探出头来。

"对不起老爷,只要一会儿就好,请您别管我好吗?"

跟清霞的预想相反,她的声音很坚定。话音既没颤抖也没带哭腔,非常平静、镇定。但她的声音比平时低沉,一听便知她现在心情沉重。

"我就想让你听我说几句话,这也不行吗?"

"对不起。"

美世一直垂着头,清霞看不清她的表情。

她虽然又道歉了,却也非常少见地把自己的意思表达得清清楚楚。清霞无意硬要做些什么,他低头看看美世小小的脑袋,叹了口气。强迫伤者为大忌。

"是嘛!那只好依你了。"

"家务活儿我会好好做的。"

"……那倒不必太放在心上。"

"给您添麻烦了。"美世轻轻躬身道。

"姑且说一句吧!"

正要关上拉门的手停住了。

"你担负的苦恼,很快就不必再放在心里了,所以不必想得太复杂。"

异能是否与生俱来可能无法改变,但其他东西无论多少以后都可以掌握。美世认定自己不行的所有理由,今后几乎都能解决掉,包括异母妹妹和她娘家那些事儿。只要美世自己想通这一点,一切便能迎刃而解。

清霞已下定决心。

"有什么想对我说的,可以随时说给我听。"

真想现在就和美世面对面地好好谈谈,不过清霞决定克制一下暂时离开。或许等到她愿意主动谈的时候更好。

"……遵命。"

稍微过了一会儿才听到她的回答,声音虽然不高却也并不柔弱。

清霞衣服也没换便直接进了书房,他轻声叹了口气,略加思索后,拿起钢笔和信纸。

不知不觉中花季已过,鲜嫩的新绿日渐明显。

这一周来,清霞跟美世见面的次数出现断崖式的减少。对清霞来说,这几天过得沉重而漫长。出门不送进门不迎,饭菜还是给准备出来,却不再同桌进餐。他感觉几乎看不到她的身影的生活乏味至极,家里的温度也像是减了半。

另外,斋森家那边还没回音,监视清霞的那些形迹可疑的纸符也依然没有断绝。施展异能术的人是谁他已大体有了眉目,但因当前与其没有直接的交集且对对方的目的不明,清霞正在考虑应对之策。

尽管情绪低落意志消沉,清霞今天还是照常上班了。

"有点抑郁啊!"在队长室整理着文件的五道吆喝起来。

这厮稍微有点贫嘴,很烦人,清霞知道他是在取笑自己。

"可以理解嘛!应该说很难得吧,这是第一位在你家住得这么久的未婚妻!哎?还没正式订婚吗?"

"……"

"莫非队长一沾上女人就没了精神?想不到啊!不知道会出什么事吧!"

"……少废话!"

"哎呀!很想再见见队长喜欢的那位姑娘啊!"

"闭嘴!别闹!"

"遵命!"

一跟五道说话他就心烦意乱,真是荒唐!

"五道,明天那事记下了吧!"

清霞跟他确认计划落实情况,这位得力助手抿嘴一笑。

"当然!我明天过午到帝都中央车站,然后开车去队长家。不过,说好的酬劳你可别忘了啊!"

"没忘,特意要你办的嘛!"

"那就交给我吧!"

清霞最近请了好几次假。当然是在向上级提交申请并获得许可后才离岗的,虽说没必要感到愧疚,可由此给五道带来的负担确实加重了,所以清霞决定自掏腰包临时给五道一些酬劳。说是酬劳,但任由他在面向大众的小酒馆连续三个晚上随便吃喝这种的,算是很便宜了。

明天美世会是什么表情?清霞心里稍有点害怕,同时又在期待着什么。

只要她喜欢就好,清霞暗暗祈祷。

美世静静地坐在桌前,手里慢慢地编着丝线。步骤已了然于心,想快的话只要加快手速即可。不过,美世感觉自己还没做好心理准备,于是有意编得慢一点,以使自己独处的时间能拖长一些。

她不愿再想异母妹妹的事,也厌倦了总是责备自己是个无用之人。所以,她只想清霞。

英俊、善良、强大的夫君光彩夺目。虽说无法靠近他,但在他身旁真的很惬意,美世真的很不愿离开。

想待在他身边的话,明说就好,做出相应的努力就好!就算没有异能不能成为他的妻子,像百合江那样,做个用人也行,美世愿意尽最大力量支持他。

该怎么办?就这样磨磨叽叽拖下去肯定什么问题也解决不了。

美世瞄了一眼桌边。那里放着一条已编织好的漂亮的发绳。虽说出自初学者之手,但做工相当不错,织扣均匀,美世十分满意。

对,其实要送给清霞的礼物已经做好。现在用多出来的丝线编的另一种图案的物件,只是用来消磨时间的。

美世叹了口气,因睡眠不足脑袋昏沉沉的。从到这里那天起一直做的噩梦现在又开始每晚折磨美世,而且半夜惊醒后她又会陷入自我厌弃中,惶恐不安地根本无法入睡。

"美世小姐,现在方便吗?"

刚要再叹口气时,美世听到了百合江的声音。

时间已是过午,因为这几天没吃午饭,所以美世没想到百合江会在这个时间叫自己。

"……百合江婆婆?"

"美世小姐有客人,可以请进来吗?"

有客人?美世感到奇怪,不禁停下双手。会有来这里找自己的人吗？肯定不是娘家人。上小学时美世也有过朋友，但都断了联系。她也没有别的熟人，而且她根本就没想过会有人知道自己住在这里。

"请让客人进来！"当然不能赶走特地来访的客人，美世赶紧对百合江说道。

听到拉门响动，回头一看，美世简直不敢相信自己的眼睛。

"好久不见了啊，小姐！"

实在太吃惊，美世连话都说不出来了。

她比起最后相见时看起来老了许多，但千真万确，这是美世非常熟悉的人。

"阿……阿花！"

"是啊。美世小姐，您长大了啊！"

阿花眼眶有点湿润，满脸是笑。

美世赶紧准备坐垫，屋子里就剩下她俩了。可面对面坐下来，却感觉有种紧张的气氛在弥漫，两人的眼神都有点游移不定。

阿花还跟从前一样，偏瘦，低垂的眼睛仍安详平和充满善意。说老实话，美世此时心里只有震惊，还没感受到再会的喜悦。阿花曾是美世最信任的用人，后来伴随着自己被关进仓库那段可怕的记忆一起消失了。美世自出生起就一直受她照顾，而分别却是那么突然。

那件事之后已经过了很多年。

她被辞退后,美世旋即被一种巨大的虚无感击中,因为家里连一个可以信赖的人都没了。自己心中理应存在的最宝贵的东西突然被彻底剥夺,这一变故令美世连活下去的力气都丧失了。

然而,不知不觉中她又慢慢习惯了这一空白。因为本以为不可能再见面,所以她也没想过再见面后会发生些什么。

可能看不下去一直张不开嘴说话的美世了,阿花说道:"小姐健健康康的比什么都好……"

"……呃,对,阿花也是……"美世结结巴巴地回应道。

说起来,阿花遭解雇前,美世还真是用"大小姐"的口吻说话,而现在已成了不折不扣的用人,美世甚至不知道该怎样跟阿花说话了。

"小姐,我结婚啦!"

"啊,是吗?恭喜!"

"现在已经有了孩子。老公是我娘家那个村子邻村的人,一起种地过日子……过得还好。"

定睛细看,阿花的笑脸上已刻上了浅浅的皱纹,也比以前晒得更黑了。本来和善的面孔,现在又增添了更平和更包容的气质。

"小姐您过得怎样?日子还好吗?"

美世心里一揪。

"我……"

来这里后发生的事一件件地在脑海中浮起又沉下,美世不知道该说点什么好,陷入了沉默。

这时阿花伸出胳膊将手贴在美世放在膝头的手上,然后紧紧握住。阿花以前也这样握过美世的手,那份温情丝毫没变。

"小姐,对不起,我没能在您最痛苦的时候陪着您。"

"阿花……"

"说实话,我以为再也见不着您了,本来我就什么忙也帮不上,现在更……"

阿花一脸愁云像是满怀愧疚。

"可你不还是来这里了?"

两人的目光终于交汇到了一起。

"我想看看过上好日子的小姐啊!我想看看我最宝贝最宝贝的大小姐、一直吃苦受罪的大小姐现在开开心心地笑起来的样子啊!"

"……"

美世感到鼻子里一阵刺痛。

是啊!美世不想让阿花看到自己落魄到连被称为"最宝贝的大小姐"的资格都没有的样子;不想让代替早亡的母亲殚精竭虑地照顾自己、给予自己无限温情的阿花再伤心。

"可是阿花,我……"

离开了斋森家,现在在久堂家依然毫无希望。

不过这位结婚对象清霞,开始很可怕,其实是个很善良的人。住在这里很舒心,百合江也是个好人。

美世现在感到很幸福,这是在斋森家时连想都不敢想的。

"我没有异能,连见鬼之才都没有。"美世声音颤抖地说,"所以,不适合当老爷的妻子,不能一直待在这里。"

坐在对面的阿花的面容渐渐模糊,泪水就要夺眶而出,美世紧紧咬住嘴唇。再次说起这些,美世心里难受极了。自己是真的不想离开这里,并不是因为没有别的地方可去。

"小姐……"

再多说点什么的话,泪水肯定就要止不住了,阿花忧心忡忡地看着已经说不出话来的美世。

"小姐啊……"短暂的沉默后,阿花轻声说道,"小姐,您知道我是怎么到这里来的吗?"

"怎么?"

"我被解雇后,又回到斋森府上,求当主大人再雇我,可惜没被准许。因为我实在想知道小姐的情况,就缠着原来的同事们打听,结果惹恼了她们,没人再搭理我了……回到老家,我被爹娘劝着,几年前结了婚。我这个样子,别说跟斋森家,连帝都跟我无缘了,可是小姐您知道我为什么能来这里吗?"

"这……"

美世清楚阿花有多么想念自己,可仅凭想念是找不到这里的,肯定是有人告诉了阿花自己已被赶出斋森家并住在这里的情况。

"刚收到信时,我不知道发生了什么事,那可是高高在上的大人物啊！小姐,久堂大人是个大好人啊！"

是的,当然是的。特意找到阿花,又把她带来的当然是个大好人。

"老爷……"

说到底,也只有他能做得到。

"你担负的苦恼,很快就不必再放在心里了,所以不必想得太复杂。"

看来清霞已把美世的情况查了个底朝天,连阿花都联系到了。那么,他是出于怎样的考虑才说出这番话的呢？

按美世一直以来的想法,清霞知道她没有异能后,应该把这门婚事取消才对啊！

不过,美世对他的为人已有几分了解。他在军队里怎样美世不得而知,至少在自己面前时,清霞总是那么和善体贴。所以,他想说的恐怕不是这些。

"……阿花,我可能只是太认死理了。"

"小姐……"

"我跟香耶不一样,因为没有见鬼之才……因为没有异能,所以不管做什么不管怎么做,我都没有价值,永远没有。"

异能就是一切。要是有异能,美世在斋森家就能得到截然不同的待遇。因此,没有与生俱来的异能才是这一切苦难的根本原因。

这种执念或许在哪儿存在过,不,是肯定存在过。

"我害怕对老爷说明真相,不愿因此失去这份幸福。老爷知道真相后绝对会抛弃我,真会这样的。"

仔细想想,其实这是将清霞认定为跟美世父母是同一类人的行为,这类人只会依据异能的有无来评判一个人。

应该早点对他讲!这并非是去确认是否会被抛弃,而是去弄清他的本意。可美世此前并没意识到这一点。

"我……"

美世将视线转向书桌。做了一半的手工旁边,放着要送给清霞的发绳。她猛地握紧拳头收回视线,发现阿花正表情严肃地盯着自己。

"小姐,请拿出勇气!久堂大人在等着您呐!"

美世觉得心头一热。

"小姐您能行!而且,不管结果怎样,这次我一定会帮您!"

"谢谢你,阿花!"

就像小女孩见到妈妈,美世紧紧地抱住了阿花。

往事历历在目。以前每次要哭的时候,为不被人发现,美世经常这样抱住阿花将脸埋进她怀里,而阿花则轻轻抚摸着美世的头,她的双手至今还是那么温暖。

"我要勇敢一次试试!"

到底还是太在意清霞的反应,美世心里依然无比恐惧。只是现在,一定要拿出勇气,哪怕一点点也好。先迈出一小步。只是鼓起走出这个房间的勇气就好。

美世轻轻松开阿花的胳膊,感觉眼前比刚才明亮了许多。

她抓起发绳,飞快地冲出屋子。

此时此刻清霞本应在工作不会在家里的,但这些细节已完全被她抛在脑后,美世毫不迟疑地拉开了居间的纸门。

"老爷!"

美世的声音比自己预想的要大得多。

清霞像是吓了一跳,他抬起头睁大眼睛。身着便装、长发随意地垂在背上的他,表情也跟着装一样,看得出他有点心神不宁。

美世见状倒是松了口气。

"怎么?这么突然?"

清霞很少见地从美世身上移开视线,一副自信心不足的模样。害怕在对方面前说话的本应是美世,不知为什么情况像是完全反了过来。美世手里握着发绳,紧挨着清霞坐下来。

"……老爷!我有件事一直没敢对老爷讲。"

因为紧张,美世的心扑通扑通地剧烈跳动着。直直地盯着他真是太难了,美世后背上甚至冒出了冷汗。

可是来到这里就已无路可逃。不管多么想逃避,都必须向前冲!阿花说的没错,清霞似乎一直在等着美世开口。

"我……我……"

"……"

"我没有异能!"

话一旦说出口,就像忏悔似的滔滔不绝地涌了出来。美世咬紧牙,坚决不让泪水滚落下来。

"连见鬼之才都没有!出生在斋森家、继承了父亲和母亲两位异能者的血脉的我,是个没用的人!"

"……"

"上学也就上到小学。在娘家一直当用人干粗活,也没受过教育,名门闺秀应该会的我一样都不会!模样就是这个样子……所以……所以我真的完全配不上老爷!"

说着说着,美世又慢慢低下头,身子也缩成一团,活像个正在挨训的孩子。即便如此,美世还是不顾一切地往下说着。

"老爷您要是生气,那也是理所应当的。因为我太卑鄙,故意隐瞒这些,就是不想被赶出去……"

想好了不哭的,可泪珠眼看就要滚落下来,声音也带上了哭腔。

"老爷您说去死,我就去死!说滚出去,我就滚出去!哪怕是现在。"

"……"

"这是我做的,用它来表达对您的歉意和谢意。您不要的话,扔了烧了都没关系。"

美世将手中的发绳放在榻榻米上,然后又像刚来这里那天那样深深地垂下了头。

"老爷,这些日子承蒙您的关照,我要说的全都说了。老爷,能让我听听您要怎样处置我吗？"

清霞没有马上应声。片刻的沉默使美世不敢看清霞的表情。美世不禁使劲儿闭着眼等待那一刻的到来。

"你要那样到什么时候？"

以前听到过这句话。

美世一惊，抬眼看到的是清霞有点恶作剧式的笑脸。

但片刻之后，美世眼前突然变成了一片黑暗。

"你走了我可就麻烦了！因为再稍过段时间，我们就要正式订婚啦！"

清霞的大手贴在美世脑后，美世嗅到一丝清香，那是他喜欢用的香料的味道。美世这才意识到自己的脑袋正被清霞抚住并紧贴在他胸口上，加之"正式订婚"这种震撼性的词，直接令她的脑袋一片空白。

"老……老爷……"

"你不愿意？不愿意跟我在这里过这样的日子？"

不……不是那个意思……美世的心又"砰砰"地剧烈跳动起来，这次显然是出于另一种意义，她那因紧张本应苍白的脸颊，竟烫得几乎要冒出热气了。

正心慌意乱时，美世感觉清霞像是突然回过神来似的屏住呼吸并猛地把手抽了回去，美世抬头发现清霞的耳朵都有点发红了。

"我……"

美世羞愧难当,脑袋里一片混乱。但现在一定要把自己的想法表达清楚,鼓起勇气跑到这儿,为的就是这个嘛!

"我想留在这里,老爷允许的话。"

"什么允许不允许的!"

清霞"扑哧"一声笑了出来。

"是我希望你留在这里,不是别人。"

美世吃惊极了。清霞需要自己,一切都已明了。美世满心欢喜得又想哭。如果此前的全部痛苦与悲伤都是为此时此刻而存在的,那自己已得到了回报。而能与他在一起,得到的远比以前失去的多得多。

"美世。"

清霞叫自己名字的声音非常轻柔,只是这声呼唤便令美世陶醉在幸福中了。

"能用这个把我的头发扎起来吗?"

"遵命!……好的好的!"

清霞拿起发绳递过来,美世接到手里膝行到他身后。好漂亮的长发!如丝线般光滑柔顺,美世羡慕得差点儿感叹出来。

像是在触摸一件极其贵重的珍宝,美世紧张得双手一直在颤抖。

"扎……扎好了。"

美世将发绳系得简简单单又不太紧,为让清霞看到发绳,美世把梳理整齐的过肩长发垂到清霞身前。扎上以后再看,美世编的发绳与清霞透明般的浅茶色长发比当初想象的更相配。发绳是紫色的，高雅、华贵，配到清霞的长发上正合适。

"这颜色真漂亮！"

清霞轻轻捏住系起结的发绳绳头看了看，嘴角现出微笑。

哎呀，怎么办！心跳得实在太厉害！美世有些慌了。这心跳肯定不是因为恐惧。

"谢谢你，我会好好用它。"

"啊，嗯！"

他显得很开心，说话都不怎么流畅了。现在的美世心里想的全是能来这里真是太好啦，能遇到他真是太好啦！

面颊上的热度渐渐消退，两人之间流动的空气开始平静下来。这时，阿花过来说要告辞了，美世、清霞和百合江一起将她送出玄关。

在美世跟清霞说话的时候，百合江陪着阿花，两人喝着茶像是聊了很多有关美世的事。让阿花费了这么多心，美世很过意不去。

"阿花，你这就要回去了啊！"

"是啊！不过好久没来帝都了，想略微转转看看再回去。久堂大人已经给准备了很好的住处。"

原来是这样啊！

这一切全都是清霞在张罗，看来送多少礼物都不足以报答

啊!当然他肯定又会说"不必介意"之类的。

阿花是由清霞的部下五道开车送到这里来的,美世暗暗打定主意,要再准备点什么来表示谢意。

"小姐下次再见!我还有好多好多话要说呢!"

"是啊,我也是。下次再见!"

美世和阿花已经不再是小姐跟用人的关系了。不过正因如此,她们见面后才能一起购物一起吃饭,无论何时。

"阿花,真的真的谢谢你!如果没见着你,如果没有你说的那些话,说不定我现在还把自己关在那屋子里呢!"

"能帮上您的忙,是我的荣幸,能跟长大变漂亮了的小姐见面聊天,我也高兴坏啦!"

她俩手牵着手笑作一团。

正依依不舍难分难离之时,忽听引擎声由远及近,一辆汽车开进院里。

"来啦?五道,麻烦你了!"

"没事没事!本来就是这么说好的嘛!"

从车窗探头出来的正是五道,看样子他要把阿花送回去。

美世以前只见过五道一次,他还是吊儿郎当的样子。不穿军装的话,真看不出他是个隶属于极少数精锐部队的对异特务小队的军人。

"有监视吗?"

"暂且没有,那边应该不知道今天的行动。"

清霞跟五道低声交谈的内容,美世、百合江还有阿花都没听到。

这次清霞没自己开车,是不想让那些形迹可疑的纸符发现阿花的存在,不想把她卷入麻烦之中,当然这些情况无须让美世她们知道。

"阿花姐,走啦!"

"好啊,拜托您啦!"

美世一直盯着阿花坐进车里,这时她与五道目光相遇,美世向他深鞠一躬表示谢意,五道做出个讨人喜欢的笑脸挥挥手将脑袋缩回车里。

"……别哭丧着脸啦,以后想见谁的话随时都能见!"

目送汽车开走,清霞将手搭在美世肩上。

我肯定是一脸忧郁吧。美世心里嘀咕着用双手摸摸脸,不知道自己是什么表情。

"老爷,谢谢您!"

"不必介意!"

包含了一切的"谢谢"应该能表达出自己的心意。而他那朴实率真的回答,更让人心满意足,美世不禁笑了起来。

"……喊!"

辰石实"啪嚓"一声将被监视对象巧妙甩掉后败退回来的鸟形纸符捏了个粉碎。

在他第一次放出的纸符全被烧毁后,他便适当拉开点距离再放。第一次倒是清清楚楚地监视到久堂清霞了,但最关键的部分总被其巧妙地隐藏住,总感觉自己被对方很得体地蒙蔽了过去。

辰石实想了解的并非是清霞而是美世,可他至今一次也没见其真容。

"阿叔您听好了啊,我那臭不要脸的姐姐还赖在久堂大人家没走呢,不过看她那打扮,顶多就是个用人!"

最近来辰石家串门的香耶这样发过牢骚,但她说的这些并没得到证实。

这个被惯坏的姑娘说不定能施展什么手段,自她跟幸次订婚以来,经常跑来闲聊,也带来不少相当有价值的线索。

"幸次君跟我家姐姐是一伙的!其实那天我很不痛快!"不过我见到了一位很帅很帅的美男子!

面颊绯红心驰神往的香耶说的那个人肯定是久堂清霞。

辰石实知道那个年轻人去过斋森家,但不清楚他跟斋森家的当主见面时说了什么。综合香耶的话来分析,应该是对把美世这么寒碜的丫头送去他家表达不满吧!斋森家的气氛似乎也愈加紧张,莫非被清霞上门索要打扰费什么的了?

所以嘛,当初直接把美世交给我家该多好啊!真是个蠢货!

辰石实把自家的事搁置一旁,在心里把斋森家臭骂了一通。

不过,辰石实也安心下来。好在总算有眉目了!这样,美世被赶出久堂家后,辰石家就可以将她保护好并娶进门。那么一来,所有这一切就各归各位安顿妥当了。辰石实想到这里暗笑起来,只是他根本没想到清霞已经在安排正式迎娶美世了。

在美世跟阿花见面的一周后,一个凉风习习舒适惬意的初夏的下午,美世用力将腰带扎紧,甚至生出了自己已脱胎换骨的感觉。她身上的和服、腰带、饰品全是新的,而且都是上等货。

有点像吧?美世暗想。照照镜子,里面有个穿樱花色和服的女子,跟曾经梦见过的母亲很像。或许因为瘦弱的身体气色渐好吧,美世已看不出不健康的样子,甚至连头发都能看出些光泽了。

接到跟母亲的遗物颜色相似的和服时的那份感动,美世毕生难忘。光是得知清霞专程为自己定做了几套衣服就让美世开心得不得了,而他好像还特意选了这个与她相配的颜色。这是铃岛屋的桂子悄悄告诉美世的。

听到这些,美世甚至想问问清霞,他到底想让自己高兴到什么样子才罢手。而实际上,美世已经欢喜得一句话也说不出来了。自那以后,每天端详着和服笑而不语的美世,谁见了都觉得

有些异样。

今天要穿着这身衣服招待五道,当然还是作为前些日子那件事的谢礼。清霞事先打听出五道可能喜欢的东西并做了准备,但美世因跟他见面次数很少,所以并不太有把握。不过,五道喜欢的话当然好,不称心也没办法了。在镜子前照着百合江教的化了个淡妆后,美世站起身来跑向厨房开始准备宴席。

"哎呀!真是期待啊!"

开车回家的路上,清霞目光锐利地扫了一眼语气轻佻自言自语的五道。

"谢礼本该按说好的找个小酒馆请你。"

"美世姑娘会是个可靠的好太太吧!"

"别叫得那么亲!"

清霞对这个将自己的未婚妻随随便便地叫作"美世姑娘"的部下很是恼火。

"怎么啦?吃醋了?"

"怎么可能!就是有那么一瞬间想揍你小子一顿!"

"那不就是吃醋嘛!差点儿就被你这变态上司取了性命啊……"五道像是有意感叹道。

完全就是得寸进尺!清霞甚至都想在半路上赶他下车了。

不过在美世提出想宴请五道时,清霞很是惊讶。

不管理由为何,清霞都无法想象她会主动想见什么人。这应该与她长年被禁锢在斋森家的深宅大院,几乎与外人断绝联系以及因为过去的经历而自卑有关吧!

从体貌上看,美世已接近健康的状态,如果将来因生活安定下来而让她对自身评价有所提升的话,哪怕提升一点点,清霞也会备感欣慰。

"甩掉监视咱们的纸符了?"

"没问题!我还不至于大意到那种程度。"

五道回头向后张望。

每天不厌其烦地跟在清霞身后的那些纸符眼下并没现身。虽说那边在蒙骗人眼方面下了一番苦功,但这类纸符说到底就是些粗糙的人造物件,对付它们易如反掌。

家里也设置了除符禁区,让五道接送阿花,只不过是谨慎行事而已。

"嗯,当然,我多嘴啦!"

清霞都说出这话了,五道还唠叨个没完。

"最近异能者的素质下滑得真是太严重了!"

"因为异形数量本身也在大幅减少,没办法嘛!"

随着西洋文化的传入,帝国的科技水平逐年提高,否定异形存在的人也在持续增加。异形数量锐减,讨伐异形的异能者也常被免职,异能这种能力也渐渐被自然淘汰,遗传到异能的异能者人数便少了下来。

"异形是人眼的错觉、是人脑想象出来的幻觉吗?嗯,未必

有错吧!"

"可能吧!"

异形产生的根源就是人类将一些原因不明的现象想象并认定为"这是怪物搞的鬼"。很多人因为一些类似的想象而心怀恐惧,进而使这些想象拥有力量并具象化了。因此,了解到原因不明的现象其实能够用科学来解释后,人们心里的恐惧便日渐减弱,异形也就失去了威力。

"工作少了倒是挺省心呀!"

在这样的现实情况下,算不上有能力的家系的异能者实力慢慢下降,也是必然。就连被誉为当代最强异能者而名震帝国的清霞,跟那些远古时期的异能者相比都算不上太优秀。

"到啦!下车!"

说话间,车子已到了清霞府上。

清霞把让上司开车、自己坐在副驾驶座位上净啰唆些废话的五道赶下车。

五道"嗷"地怪叫一声后又发起牢骚。

"哎呀!别那么粗暴嘛!我可要跟美世姑娘告状啦!"

"是嘛,没办法。有时候封口还是必要的。"

"饶了我吧……"

五道拉长了脸,他这样油嘴滑舌地调皮捣蛋已是家常便饭。清霞无奈地叹口气,真受不了这位演技高超的部下。

美世一如既往地等在玄关。没见着百合江,估计是美世让她先回去了。

"老爷您回来啦！五道先生，欢迎您来！"

双手触地徐徐一礼的美世今天打扮得特别漂亮。

她身上那套和服是前几天清霞以发绳的回礼为由半强制性地让美世收下的。清霞选的樱花色也如其所料，穿在她身上非常合适。

美世气色良好的两颊上泛起淡淡的红晕，梳理得整整齐齐又黑又亮的长发轻轻扎起。从袖口处露出的手腕还是纤细得像要断掉，但已没有以前那种营养不良的感觉。

眼前仿佛变了一个人的美世，让清霞看直了眼。打磨一下路边捡回来的石头，里面会有美玉显露出来的。果然被铃岛屋的桂子言中。

但令清霞气恼的是，看到这一切时，他竟想感谢把她送上门来的斋森家。

"老爷，您怎么啦？"

"啊，真漂亮啊！很合身！"

心里话一不留神脱口而出，清霞立马羞红了脸。我这是在说什么啊？看到比自己慢半拍也闹了个大红脸的美世，清霞更是羞得无地自容。

清霞真想一脚把目瞪口呆、几乎要说出"我是不是已经可以回去了"的五道踹进屋里，但在美世面前显然不能那么干。不能为所欲为可真难受。

"呃,老爷,真是太谢谢您了。我非常非常喜欢这个颜色。"

"那就好。"

看来请桂子先把这套樱花色和服做出来还是有价值的。虽然稍微有点过季,但美世这么喜欢它的话,就不必拘泥于那点细枝末节了。

"啊,不好意思,五道先生!里面请……"

美世好像总算注意到五道的存在了,慌忙把门拉开。

五道很少见地"哈哈哈哈……"地干笑着瞪着一双死鱼眼踏进玄关。

三人来到为招待客人而收拾得漂漂亮亮的居间落座后,宴席马上开始。

"呜哇!好吃!"

"请多吃一点!"

饭菜一道接一道地端上来,好像因为菜的样数太多,所以每道菜就少做了点。用小钵小碟盛上来的煮菜和咸菜都十分入味,口味稍重点的下酒菜更是勾人食欲。

五道每吃一口都做出很感动的样子大声嚷嚷几句。

"你小子住家里,每天都有好东西吃吧?"

"非也非也!您是有所不知啊,队长!跟我家厨工做的饭菜的味道相比,这种家常菜或小酒馆里的菜的朴素味道有种不一样的魅力。"

"……"

是那样吗？

仔细想想，清霞一天之中最少两顿吃美世或百合江做的饭，似乎过着更接近百姓的生活。

小时候清霞被高档货包围着，几乎腻了，说实话，现在的生活更适合他。

"五道先生，给您斟酒。"

"谢……谢谢！"

被五道夸菜做得好，美世很不好意思。她赶紧给五道斟酒，接着又躬身道谢。

"五道先生，还要再唠叨一次，前几天阿花的事，太谢谢您啦！"

"我只是接送了一程嘛！"

"听说五道先生是老爷的得力助手，所以那天我能踏踏实实地跟老爷说会儿话也多亏五道先生。"

难得未婚妻能这样落落大方地说话，清霞感叹不已。

她这是成长起来了？又或者这才是她的本来面貌？不管是什么，清霞都觉得心情开朗了许多，不禁将杯中酒一饮而尽。

可接下来……

"美世姑娘！第一次有人这样对我说话，我太开心啦！请跟'鬼队长'分手，嫁给我吧！"

"啊？"

"放肆！"清霞厉声喝道。这话太没规矩了，绝不能听之

任之!"

"五道!你这混账东西……"

美世长得不丑,家务活什么都会,除了有点自卑,性格也很好。虽然清霞不愿去想象,但要是美世不是自己的媳妇,也会被很多人喜欢吧。想到这里,清霞心里气血翻涌难以平静。

"开……开玩笑嘛!啊!有杀气!快!快把杀气收回去!危险!"

"队长几乎就没夸过我嘛……"清霞目露寒光紧盯着脸色煞白却还在喋喋不休的部下,可他忽地又放松了下来。

因为他听到美世客客气气地说:"呃,五道先生谢谢您的厚爱……我有老爷就好……请谅解。"

五道本想开个显而易见的玩笑,但见上司的未婚妻将玩笑当了真而且面现难色,不禁大惊失色。

"唔!是……说的是啊!玩笑开过头啦……"

你小子活该!心里暗骂的清霞早已见怪不怪。祸从口出!正因为他平时总说些不着调的话才会落得这般下场。

不过她那句"我有老爷就好"可真是比什么都好听。

清霞内心的某个地方似乎总有一丝隐忧,那就是美世会不会觉得只要有个栖身之所,对象是谁都无所谓呢?她的心到底在谁身上呢?虽是些细微琐事,可这些担忧不知不觉中始终盘绕在清霞心头。

想必美世最初只是想寻求一个容身之所,但现在接受了清霞自作主张给她买的和服,还能高高兴兴地穿上,说明她心里应该有他。

清霞正独自沉浸在无尽的感慨中时。

"啊?那么连军队里的大人物也对老爷……"

"是啊!光是听到久堂清霞的名号就吓得直哆嗦的军官还不少哩!我们连他到底在干什么都不想知道啊!"

"……喂!"

不知不觉中两人已无拘无束地聊得热火朝天。不过,其中一些不能置若罔闻的内容让清霞回过神来。

"队长身上散发出杀气的时候,简直就像般若本尊现身!能当面向队长提意见的人实在太少,也就是我,还有我的顶头上司大海渡少将啦!"

"……五道!"

"对异特务小队的训练也是出名的严格,在帝国陆军中是最严苛的。啊,当然,这都是下达魔鬼指令的队长造的孽,不过也亏了这些,我们就是遇上异形也能毫不畏惧地作战啦!"

"……五道!你这张嘴可真能说啊!"

"嘿嘿!"

就这样,这顿饭一直吃到了深夜。

送走五道,清霞在洗完澡返回居间的途中感到了一丝异样。

家里静得出奇。美世应该在的,怎会没有一点声响?她收

拾完了？厨房里没亮灯，炉火也都熄了。美世是在居间还是在她自己房间？经过美世房间门前时也没觉出有人在里面，她应该不在。

清霞皱起眉头走近居间时，听到断断续续的声音。

"……不要……耶……继母大人……不要……"

是美世的声音。不过不像在说话，倒更像是梦呓。

清霞慌忙拉开门，见美世趴在移至房间角落里的桌子上睡着了。她累得打瞌睡并不奇怪，只是……

清霞总感觉有异能被使用过。屋内显然有其残余物留存的迹象，尽管极其微弱。难道是自己神经过敏？

清霞洗澡期间不可能有人来过，有的话他马上就会觉察到。五道在宴会过程中不可能施展异能，清霞自己当然也没用过。

这真令人毛骨悚然。就是说某个并不存在的人巧妙地施展出了连清霞都觉察不到的异能吗？这种状况可能发生吗？不好说。

眼下没工夫想太多，清霞的注意力转向了睡梦中的美世。

"……耶……求求……了。"

从她嘴里说出来的是哀求。清霞悄悄凑近细看，美世的面颊上满是泪痕。她的双眼紧闭，但从她痛苦的表情上看她显然是在做噩梦。

如果她睡得很安稳，清霞绝不会硬把她叫醒，但这般痛苦的话就不该置之不理。

清霞将手放在美世肩上轻轻摇晃。

"喂,美世!喂,醒醒!"

"……耶……求……了。"

在清霞呼唤美世的过程中,噩梦还在折磨着她。

"喂!"

清霞等不及了,提高声音再叫,美世总算不再说什么,迷迷糊糊地睁开了眼睛。

"……嗯。"

"醒醒!没事吗?"

"啊,咦?……老……爷?"

看来并无异样,清霞松了口气。但既然存在着使用过来历不明的异能的痕迹,就大意不得。

"是我。做噩梦了吧?感觉怎样?"

"呃……"

美世慢慢撑起上身,好像还没完全清醒过来,她一脸疑惑,搞不清发生了什么。她脸上的泪痕令人心痛,清霞不禁眯起眼睛。

"做噩梦了?"

"梦?……"

美世顿了一下,接着又有泪水从睁开的眼睛里扑扑簌簌地滚落下来。

跟第一次见面时的泪水不一样。看着双手捂住扭曲的面庞、瘦弱的身体蜷成一团的美世又哭起来,清霞心里难受极了。

清霞不假思索,猛地将浑身颤抖的她紧紧抱在怀里。

"老……老爷……"

"别怕!是个噩梦,你就哭个够吧!"

从梦呓的内容可知,这恐怕是有关在斋森家的生活的梦。因为听到她在梦里叫"继母大人"和"香耶",肯定不是美梦。

"我们是未婚夫妻,以前我应该也说过,我希望我们能建立起可以相互坦诚地说出自己心事的关系。有事多找我,哪怕缠着我都可以。把自己的感情倾吐出来,撒娇都行。这样才是相携相依的夫妻吧!"

清霞在想,这番话美世最终能明白多少呢?

他感觉两人间已经有点心意相通了。但她所经受的内心创伤肯定比自己想象的更深更重,无论清霞如何安慰,都无法轻易消除。

真希望她能早日获得解脱。这里没什么会伤害她,就算久堂家的亲戚或自己身边的人也一样,自己绝对不会让他们靠近美世。

"所以嘛,怎么哭都行!眼泪哭干了,就再笑出来!"

"……"

清霞轻柔地抚摸着靠在自己胸前不停抽泣的美世的长发,心想,要是她不哭了,要是她不再那么痛苦了,自己一定要更多地像这样拥抱她。

自己怀抱中的这个身体太纤细、太瘦小,还无依无靠,如果没人守护,很容易就会坏掉。

就这样过了一会儿,美世抽抽搭搭断断续续地说出了梦中的情形。

继母和异母妹妹出现了,她们在美世面前将亡母的遗物砸坏、烧毁,还无情地嘲笑哀求她们住手、哀求她们将遗物还给自己的美世。

她虽然没说这是真实发生的事情,但清霞马上就推断出恐怕她有过类似的经历。

"太苦啦……"

不光是梦里的事,想想失去跟自己要好的用人阿花后,一个不满十岁的女孩自己摸索着生活的日子,清霞自然而然地发出这样的感慨。

虽然清霞只能通过调查报告里的信息或对斋森家的实际印象来想象美世经历过的苦日子,但他坚信,只要有足够的时间,肯定能够治愈她心中的创伤。

"老爷,我真的可以一直这样留在您身边吗?"

"当然,留在这里,一直到最后都可以!"清霞对抬脸面向自己的未婚妻尽可能温情地笑着说,"这个嘛,前些日子我应该说过的,你走了我可就麻烦啦!"

"……不管我多么没本事多么帮不上您的忙都可以吗?"

"对,这也不是问题!何况对我来说,你并非没本事也并非

帮不上忙。"

美世的脸红了,她慌忙移开还泪汪汪的眼睛。

"我……"

"嗯?"

"我还是觉得自己不是值得老爷这么说的人。不过,可能的话,我很想一直留在老爷身边,很想帮老爷做点儿什么。"

"啊……"

"所以,我……要再加把劲儿!尽可能多留在老爷身边,多帮老爷的忙!"

"……啊,好!就这么想就好!"

在美世经过连续多年的自我否定后,清霞非常理解这就是现在的她能说出的最积极向上的话了。要她马上拾起自信显然强其所难。因此,就这样一点点地迈步向前就好。希望终有一天她能够相信自己、相信将成为自己夫君的清霞。

不过,话说回来,那异能到底是什么呢?

异能残留的迹象已经微弱得几乎完全感觉不到了。清霞忽地想到一种可能性,不禁皱起眉头。

万一是呢?万一美世的噩梦就是异能出现的原因呢?毕竟拥有这种异能的只有薄刃家系的成员。

第二天早晨,美世见清霞时比平常更低眉顺眼惶恐不安了。

自己不单是只顾打瞌睡没等老爷先入寝,还因为做了噩梦极不体面地号啕大哭,甚至黏黏糊糊地贴在清霞身上。再怎么坦诚地表达真情实感,也不该那样!自己这个年龄的女子这么做实在丢人。而且自己还不小心把来到这里后一直做噩梦的事也说了出来,这又该让清霞为自己担心了。

一脸严肃又沉默不语的清霞实在可怕。看到他那表情,就觉得他真的冷酷无情。他似乎没对自己的失态表现出怒意,可即便这样仍把她吓得战栗不已。

好容易挨过窘态满满的早餐时间,等到清霞马上要出门上班时,美世取出早已准备好的小包裹。

"因为那件事,请您收下这个。"

这是为表示歉意而做的……

"……便当?"

"是。"

尽管美世对便当能否用来表达歉意存在极大疑问,但因百合江建议她做,她便准备了一份。

虽然便当盒是这里原有的,但盒里的饭菜是美世做的,包便当盒的包袱布也是美世缝的,所有心意应该都包含在里面了。

"谢谢你,我带上它。"

清霞笑着接过便当,转身驾车上班去了。可能是心理作用吧,他看起来比平常开心得多。

"我要再加把劲儿!"

美世想做点他喜欢的事,身为未婚妻她很愿意一直支持他。将力所能及的事一件件地认真做好,终有一天,自己会成为他合格的妻子!

第四章 坚决反抗

辰石实目睹到这一幕纯属偶然,这完全出乎他的意料。

就像日常必修课一样,今天他照例监视久堂清霞。此时,他又将自己关在书房里,与放飞的纸符共享视觉。为将美世抢到手,他必须全方位地观察整条街道,以获取有效的情报。

起初,他怀疑自己的眼睛是不是出了什么问题,因为眼前的光景跟自己的记忆和香耶的描述简直大相径庭。

表情、衣着、甚至整个气场……美世的变化令人震惊。

她完全不是自己想象中的那般模样。当他终于意识到那种可能性时,辰石实差点儿大叫起来,怎么会形成这种局面!

一想起此事辰石实就气急败坏怒气冲天不住地挠头。

清霞地位高异能强,狭路相逢之时辰石实无论如何都不是其对手。可惜连如此简单的事实都被已丧失冷静的辰石实抛到了脑后。他毫不迟疑地叫来香耶。跟辰石实预想的一样,这姑娘很激动,穿着便装就跑过来了。

最先发现那件宝物的并非久堂,而是自己。为重振辰石家

的威望,必须得到薄刃家的血脉和异能!

"阿叔怎么啦?有什么急事呀?"

辰石实在自己常用的皮革面长椅上坐下,对大感不解的香耶笑道:"其实,我刚才看到一件难以置信的事。"

"什么事啊?"

"香耶,说不定你也想知道。你姐当前的情况……"

香耶一直铭记在心。

"香耶,你决不能跟那丫头一个样!"

这句话,母亲以前反反复复对自己说过无数次。

在斋森家的屋院里,每次看到异母姐姐,母亲都对她说绝不能跟那丫头一样,那丫头不是斋森家的女儿、她是个没用的废物等诸如此类的话。母亲始终要求香耶向"上"追求。

学艺时,母亲对她的一点点的失败都非常敏感,香耶偶尔有点失误,母亲就会警告香耶,这样下去就会跟异母姐姐落得同样下场,还特别说明异母姐姐背地里遭到怎样的辱骂。

受此影响,香耶认定,无论何时自己都必须是"上",而异母姐姐只能是"下"。异母姐姐有的东西,香耶决不可以没有,而且还必须在其之上。

因此,当被公公辰石实叫来,听到这些事后,她无论如何都接受不了。

不可能、不可能、不可能呀！我那姐姐穿着高档和服走在街上，而且还有用人侍候着？闻听此言，香耶难以置信。

香耶回到斋森府，在自己房间里施展异能——这是父亲发现她有见鬼之才后传授给她的。她急匆匆地用很拙劣的技术做出了纸符。

拥有见鬼之才，只是施术者能够施展异能的最低限度。因香耶是女性，又不执行实战任务，所以她学得并不太认真。即便如此，她还是能将纸符放飞并与其共享视觉。

香耶拉开屋门把用小纸片做的符放飞出去。

讲不通嘛！香耶不肯相信公公的话，用白皙的手指将手里剩下的纸片捏得粉碎。

就在几周前，因为看她依旧穿得破破烂烂，自己还高枕无忧。要是……要是异母姐姐的婚事进展顺利呢？

听说在院子里见过的那位美男子就是久堂清霞。高档和服、指使成群的用人、英俊的夫君，这一切都将成为那个没用的异母姐姐的囊中之物。

不要，不要啊！这还了得！香耶怒火中烧。早在此前，她已经隐约觉察到继承斋森家的家业并没有多少好处。她去女校稍微参加点社交活动立马就能看明白。异能家系中一直赫赫有名的也就是以久堂家为首的那几家。斋森家和辰石家，从来没人仰仗也从来不被期待。这两家只是依靠过去构建起的财富和地位才勉强招其他家系待见，仅此而已。

在世人看来，这两个家系已经开始走下坡路了。继承这样的家业，首先，以后想悠闲自在地生活是不可能的。想跟姐姐嫁入的久堂家比个高下，更是自不量力。

因此斋森家和幸次都不是香耶真正想要的。

更重要的是，适合做久堂家媳妇的，不该是一无是处的异母姐姐，而应该是自己！太奇怪了！那个没用的异母姐姐竟然抢了本该属于自己的东西……

就在纸符要穿过热闹的街市之时，香耶在熙熙攘攘的人群中发现了一个貌似美世的人，她惊得心跳都要停止了。

"真假？不对吧！那应该就是姐姐啊……"

美世手里撑着的太阳伞雪白雪白的非常可爱，身上穿着的天蓝色和服也是如假包换的高档货，她边走边跟前些日子见过的那个用人聊着天，一副贵妇姿态。

从容姿上看，她简直就像换了个人。那肮脏枯瘦的身体已恢复健康，变得窈窕动人，原本粗糙肮脏、凌乱不堪的头发现在又黑又亮，几乎能反射阳光。

那个土气、寒酸、阴郁的异母姐姐再也不见了。

"姐姐不可能变成那个样子……"

香耶目瞪口呆地操纵着纸符继续尾随那位可爱的贵妇。可惜，半路上她意识到贵妇要去的是对异特务小队执勤所，便将纸符停在了稍远处。

貌似异母姐姐的贵妇在执勤所门前跟守卫说了几句什么，

然后在门口站了一会儿像在等什么人出来。

从执勤所内走出来的,没错,就是之前在斋森家院里跟香耶迎面而过的美男子。只不过,这是怎么回事啊？他的表情跟那时可大不一样！跟前几天好像单凭眼神就能将人射杀的那种冰冷的气场截然不同,现在的他是那么温情脉脉,他对那贵妇的爱意即便通过纸符的眼睛也能看得清清楚楚。而贵妇也表情轻松两颊微红。

两人卿卿我我说话的样子,不管从哪个角度看、不管怎么看都是一对情投意合的恋人。

"……怎么会这样？怎么会这样！"

因香耶心神不定而步调大乱的纸符失去威力,呈现在香耶脑袋里的画面一下子全消失了。

乱了！全都乱了！

香耶想起刚才看到的姐姐的模样。

那只是个纸糊的假人！姐姐再怎么修饰自己的外貌,终究是一具空空的皮囊,没有异能便没有任何意义,香耶如此劝慰自己。

长年过着跟用人一样的日子,没有异能也没有见鬼之才的她什么也做不了,因此她根本不能胜任久堂家那位看起来完美无瑕的男人的妻子的角色。

自己才是真正的美女！最重要的是,自己更优秀！自己绝不是那种当上已现颓势的斋森家的女主人就心满意足的人。

"香耶,你决不能跟那丫头落得同样下场!"

是的!因此,自己决不能落了"下"风。称得上久堂家媳妇的,是自己!

香耶冲出自己房间,跑进父亲的书房。

父母非常宠爱自己,即便现在提出替换订婚对象,他们应该也会答应。

遗憾的是,现实情况跟香耶的预想完全不一样。

"不行!你就老老实实地去上新娘修业课吧!"

"为什么?"

父亲皱着眉,一脸不痛快。香耶接受不了父亲的这一说法,更着急了。

"没有为什么!忘掉美世吧!"

"我才不听这些!父亲大人,适合嫁进久堂家的是我才对吧?"

"……香耶,你闲得没处打发时间的话,去见见幸次君如何?"

"父亲大人!"

再往后,香耶说什么父亲都充耳不闻了。

这种情况可以说是生来头一遭。香耶使性子的时候,一般就算开始不痛快,最后父亲也总会答应。但这次不一样了。

"香耶?"

香耶从父亲书房出来,听到有人在走廊上招呼自己,原来是刚刚到访的幸次。

"幸次君。"

香耶一时间有点不知所措。说到底,自己这位未婚夫就是异母姐姐的帮凶。如果对他说因为自己看不惯异母姐姐过得太幸福而要耍点什么花招的话,他绝对会跳起来反对。

可想到这里,香耶又意识到如果替换订婚对象一事行得通的话,对喜欢美世的幸次来说,岂不也有好处?

"幸次君,我说,你想不想跟姐姐订婚?"

可能没听懂香耶的问题,幸次皱起眉头"啊?"地反问了一声。

"我是说,跟姐姐订婚,幸次君会很高兴吧?"

"我不明白你什么意思。"

"很明显嘛,我比姐姐更适合做久堂大人的妻子,把位置调换一下如何?那样绝对更好,能帮我这个忙吗?"

"别说蠢话好吗?"

语气严肃的幸次眼睛里瞬间又浮起一丝万念俱灰的神色。

香耶以为他太紧张。

"怎样?幸次君喜欢姐姐胜过喜欢我吧?"

"不是那个问题,岳父大人答应吗?"

"……"

"没有家长的允许是不可能的!"

"……连幸次君都对我这么刻薄啊!"

继父亲之后,香耶又被未婚夫无情拒绝,伤心、失望一下子涌上心头。

对了,辰石阿叔既能认真听自己说话,又肯告诉自己异母姐姐的情况,他肯定会助自己一臂之力!想到这里,香耶心里稍微轻松了一点。

自己不可能一个战友都没有!只要自己优秀,肯定谁都想要香耶,而非美世。

现在将时间往回追溯一点点。

"美世小姐,您准备好了吗?"

"好啦!现在就出发!"

听到百合江的叫声,美世来到外面。一大早,阳光就有点刺眼了。

昨晚,清霞因工作上的事留宿在执勤所没回来。他肯定很累,美世想多少替他分担一点,便决定送些吃的去慰劳慰劳他。

美世听百合江和五道说过,清霞一忙起来,好像根本不把少吃一顿饭什么的当回事儿。现在送过去正好中午能交给他,时间刚好。

"少爷肯定高兴!"

"那最好……"

美世抱起装着饭菜的小包裹,看了看自己的衣装打扮是否得体。

比那套樱花色和服晚了几天,清霞订购的服饰陆续由铃岛屋送了过来。后续送来的都是正适合接下来的季节穿的单衣、薄面料衣服及跟这些衣物搭配的衬衫、腰带和饰品。看着送到不是很宽敞的家里的堆积如山的物品,美世惊地目瞪口呆。

这些东西总共值多少钱啊,吓得美世想都不敢想,可只是堆在那儿也浪费,就稍微用一点点吧。于是美世今天选了一件天蓝色面料上印有不太花哨也不太素淡的藤蔓图案的漂亮和服,配了条淡黄色的腰带。

"对了,美世小姐,这个也带上吧!"

"好可爱啊……"

"日头太晒嘛,少爷说一定要用!"

百合江递过来的是把雪白的蕾丝太阳伞,非常可爱。跟洋装、和服搭配都很好看,这把伞看来也是价格不菲。撑着这样的太阳伞走在街上,一看就是位文雅高贵的大小姐。只不过……

"……老爷太为我破费了……"

久堂家的资产本身就非常庞大,清霞身为军官又有相应的地位及收入。为钱发愁这种事儿根本不存在。虽然美世明白只要不太过分,清霞根本不会计较,可她还是放心不下。

光给她买衣服美世就很感激了,最近,清霞更是将衣食住各方面的用品、杂货都给美世准备好了。

换作一般有钱人家的姑娘,肯定会心安理得地全盘接受,遗

憾的是与此无缘的美世在这方面毫无经验,总觉得像是做了什么坏事似的惶惶不可终日。

"哎呀,百合江我也不是很清楚,不要紧的,少爷本来就不怎么花钱嘛,快走吧!"

"啊,好吧。"

被看起来对钱并不怎么上心的百合江催着,美世慢慢地走出家门。

一到街上,美世又很不情愿地想起上次与香耶狭路相逢时的遭遇。今天也不得不考虑再遇上会怎样。不管现在的生活如何安稳舒适,在娘家时的经历无论如何都不可能轻易忘记。如果再见面,肯定又会被吓得动弹不得。

尽管如此,现在有个人已成为自己内心的依靠,他绝对会站在自己这边。仅凭此念,便可使长久以来盘踞心头的不安与恐惧冰消雪融。

"打扰!"

美世向站在执勤所门前的卫兵打了个招呼,后者询问了美世的身份及事由。美世稍有点吞吞吐吐地告诉卫兵来的是清霞的未婚妻及其陪同,想交给他点吃的东西。

"未婚妻?知道了,马上确认。"

卫兵像是听到了什么难以置信的事,一脸吃惊的样子。

她俩静静地等了片刻后,看起来有点慌乱的清霞从里面跑出来。总是一副若无其事的表情的他竟然很罕见地显得非常着急。

"美世、百合江,你们怎么来这里了?"

"老爷,您辛苦了,我想过可能会给您添麻烦……可担心您吃不上口热乎饭,就带了吃的过来。"

美世有意做了个笑脸,将手中的包裹递了过去。

"啊,是嘛!真是……来得正是时候!"

不知为什么,清霞像是有口难言的样子,一脸为难地皱着眉接过了包裹。

恐怕不了解他的人见状会误以为他不高兴了,其实美世知道他现在纯粹只是害羞而已。

总之他的态度和表情非常容易被人误解。

"你们是走来的吧,到里面稍微休息一会儿?"

"不了,我没事儿,百合江婆婆怎样?"

"走这点儿路,算不得什么。"

笑着拍了拍胸脯的百合江如其所言丝毫没感到劳累,这是她长年做用人的"劳动所得"。

"呃,虽说是好容易才来一趟,不过不应该妨碍您工作,我们这就回去。"

美世感觉他脸上多少现出点失望的表情,肯定是自己的心理作用吧,既然他很忙,就不该过多打扰。

清霞突然很严肃地问:"美世,你带着护身符吗?"

"啊,带着,好好地在这儿呢!"

美世示意其在她手中的荷包里,清霞刚一点头就听到了里面的喊声,又回过头去。

清霞应了队员一声,再次面向美世时脸上已恢复了他作为一名有责任感的军人的表情。

"这就回去吧。你带着就好!本想送你们回去的,抱歉,看来脱不开身。"

"没关系,真不好意思,给您添麻烦了,请安心工作吧!"

"啊,你们俩回家路上都要小心!"

"是。"

听到美世的应答,清霞微微一笑,伸手在她头上轻轻拍了两下,旋即转身返回了建筑物内。

"呵呵,少爷还害羞呢!"

"呃……"

回家路上,美世边跟百合江聊天边朝荷包内瞄了一眼,接着很奇怪地一歪头。

"美世小姐怎么啦?"

"嗯,啊……呃……"

她翻到了荷包的最底下也没找到护身符。怕是掉到什么地方了?啊,对了,想起来了!

"我跟老爷说带着,其实,那护身符好像搁家里了。"

"哎呀!那可不得了!"

为跟衣服搭配,荷包也换了。护身符还放在上次用的那个旧荷包里,出门前没把它放进今天带着的荷包就来了这里。

美世没想到自己会有这种疏忽,但从结果上看,这相当于对清霞说了谎。就算出门离家这种事儿本身很少,也不能以此作为借口。

"都说好了一定要随身携带嘛!"

自己真是差劲啊!一发觉护身符不在身边,美世心神不安起来,好像清霞用于保护自己的保护罩也一下子被削弱。无意之中没有按照清霞的嘱咐行事,美世心情愈发沉重了。

"这样的话,美世小姐,快直接回家吧!"

"……是啊!"

听了百合江的话,美世点点头并加快了脚步。

那护身符本身有何功效,美世也不得而知。但清霞对是否带着它如此关心,肯定有什么用意。绝不可无视这一点在外面东游西逛。

两人不再多说,默默地走了一会儿,马上就要安全穿过市区了。走上行人较少的乡间小路,离家就不太远了。

刚刚放下心,这时……

伴随着刺耳的引擎声,一辆汽车突然停在她们身边。

开始美世还以为是清霞追了上来。不对!

"美世小姐!"

百合江大叫起来。对这完全出乎意料的变故,美世的反应慢了一点。

"……啊？百合江婆……啊！"

美世还没来得及回身，就被车上跳下来的什么人紧紧拽住胳膊，她疼得大叫起来。对方不容分说便将美世牢牢钳住，令其动弹不得。

"干……干什么？"

是谁竟敢这样！可惜坏人连看的机会都没给，美世眼睛被蒙住，嘴里被塞上布，看不见东西也发不出声音了。

好可怕啊……老爷！美世在心里求救。

美世感觉自己的身体被直接抬起来胡乱地塞进车里，接着呼吸越来越困难，最终慢慢失去了意识。

钢笔在手中刷刷地移动着，正在一件件地处理着公务的清霞正要伸手拿起印章时忽地抬起头。

"队长，有客人……"

门外传来部下略显为难的声音。

今日没有接待客人的安排，出什么事了？清霞皱起眉头，疾步走向接待室。

接待室在执勤所内部，距入口很近，仅在来客时使用。清霞踏进屋门，见里面有个自己熟悉得不能再熟悉的人。

"……百合江？"

一见清霞，刚才就应该回去了的百合江起身跌跌撞撞地扑过来。

"少爷,美世小姐她……"

"怎么了?"

"美……美世小姐她……少爷,美世小姐被……"

"百合江,冷静!"

"可……可不得了啦!再……再不快点,美世小姐她……"

平日里非常冷静的百合江,此时神智已经相当混乱,她甚至连话都不能说清楚。

"冷静!别怕,慢慢说就好!"

"美世小姐她……"

"美世怎么啦?"

"被……被抢走啦!"

不会吧!清霞哼了一声硬生生地把这几个字咽了下去。虽然有过这种设想,但他认为这种可能性是最低的。真没想到他竟愚蠢到这般地步。

清霞总算把方寸大乱的百合江安顿到椅子上坐下,接着又问:"美世被抢走前,见过什么人吗?是斋森家或是辰石家的人吗?"

"没……没见过,我们本想直接回家的!"

"护身符呢?不是带着吗?"

"……这个嘛,实话跟您说……我们跟少爷道别之后才注意到护身符没带在身上。"

百合江的声音和双手都剧烈地颤抖着。如果认认真真地确认一下随身物品就不会酿成如此大祸了,百合江不断地责备自己。

清霞在自己的怒气即将爆发前长吁一口气,将马上就要燃烧起来的怒火压了下去。

那个护身符的作用是避免被对方的纸符发现行踪。因为它无法躲过真人跟踪,所以它不能护美世周全,将它交给美世,只是清霞给自己的安慰。

清霞对自己的力不能及自责不已。

虽说在从怀里取出来的几张巴掌大的白纸上施加异能就能轻而易举地做出符来放飞到街上去侦察美世的行踪。可帝都地域广阔,这种方法既花时间又不太精准。

犯人是谁他已推断得八九不离十。但在眼下证据不充分的情况下,无论如何都无法展开行动。能用纸符控制住现场当然最好,但事情不可能那么顺利。

清霞单枪匹马也能闯进敌方营地压制住对手,可什么确凿证据都拿不出来就采取那样的行动,到头来陷入被动的还是自己。现在还需要个能出奇制胜的由头。

尽管现在就想去夺回美世,可眼下无可奈何的境况也只能让清霞干着急,解决不了问题。

"队长?有客人,又来一位!"

突然间,一个拖着长腔的声音传进被令人窒息的沉默笼罩着的房间。

"哪位?"

对语调平缓毫无感情的上司的问话也无所畏惧,丝毫不拘礼节地闯进房间的五道"喏"的一声指了指背后。

跟在他后面的来客,完全出乎清霞的预料。来客像强忍着痛苦似的紧握双拳。

"我也知道为这事来求您从道理上就讲不通,可是,拜托您了,凭我的力量,救不了美世……"

香耶的未婚夫辰石幸次哭丧着脸站在清霞面前。

本来发誓要保护美世的!为此,自己甚至选择成为香耶的未婚夫、选择了斋森家下任当主的地位。可现实又如何?幸次坐在清霞开着的车上,随着车子的颠簸,紧紧咬住的嘴唇上几乎渗出了鲜血。

他在对异特务小队执勤所里跟清霞解释过,幸次自己也已反反复复回想过许多次,那件令其追悔莫及的事又在他脑海里清晰地显现出来。

香耶的行为很不正常。她在说出要跟异母姐姐调换位置被自己断然拒绝后,又说要去辰石家跟自己的父亲商量商量。

因为她实在可疑,幸次便跟着去了,结果听到的香耶与父亲的对话简直让他不敢相信自己的耳朵。

"那姐姐要是答应了呢?"

"啊,如果是本人的意愿,久堂家也不能置若罔闻,婚约会被解除,美世那边,你一说她就会让步?"

"对!我妈肯定也会帮我说话!阿叔您会把姐姐带来吧?"

"当然!那肯定很顺利。"香耶乐不可支地拍手道。

"岂有此理!香耶、父亲你们在想什么啊!"

两人冰冷的视线刺向一头撞进来的幸次。

"想什么?刚才也说了嘛!把姐姐的婚事取消,跟我换一下呗!幸次君你也说过啊,需要父亲大人的许可嘛。不过那样好像不太好办,听说阿叔有别的办法。"

"怎么能这样!"

幸次难以置信地看了父亲一眼。

"为把美世抢到手,不得已而为之嘛!"

"莫管他人瓦上霜,您以前这样……"

以前,他想救助美世时,曾多次被父亲阻拦,说是不可以插手别人的家事。而父亲现在的行为不是恰恰与其说教的相反吗?

面对幸次的指责,父亲叹了口气。

"因为那时候,冒冒失失地插手庇护,很可能会让斋森意识到美世的价值。总之他不放手,就很难把美世抢过来。"

"……什么?"

这算什么啊!

"斋森意识不到她的价值,不再把她圈在家里,也就是美世孤立无助时,时机最合适!"

"……"

也就是说,父亲为把美世抢到手,故意编了个冠冕堂皇的理由,一直在袖手旁观啊!明白了父亲所作所为的用意,怒火烧过极点的幸次竟有些茫然若失,然而接着又猛地血冲顶门,眼前一片血红。

决不允许他们这样对她!这真是岂有此理!美世那么伤心痛苦、甚至连笑都不会了的样子,父亲不可能没有耳闻,但他竟然置之不理,简直禽兽不如!

听了这些歪理邪说想想此前经历的一切,幸次甚至对自己都生气,他全身的血液几乎都要沸腾了。

"噼"的一声,房间的窗户上出现了一道裂缝。

情感已无法抑制。幸次体内横冲直撞的怒气外溢出来,异能开始以失控的状态影响现实世界。

"决不允许……"

"幸次,不可,快住手!"

"我再也不想听你胡说了!"

房间里摆放的桌子、椅子、架子等家具一起发出吱吱嘎嘎的响声。

"香耶,你回去吧!"

"阿叔……"

"这儿处理好后,我马上去那边找你。"

"知道了,姐姐那事儿就交给我吧!"

香耶瞥了一眼幸次,兴味索然地乖乖出了房间。

房门关闭的同时,室内的器物全都摆脱重力的束缚悬浮起来。

"不能再任由你们摆布美世了!"

伴随着幸次的吼叫,悬浮在空中的器物一起以惊人的速度向辰石实冲去。

意念力。无须直接接触、无须使用工具便可移动物体,这是一种基本异能。本来幸次拥有的能力顶多能浮起一把椅子,而现在他发出的力量显然超出了那种水平。

如果遭受这种力量的冲击,人类的身体会被很轻易地撕碎刮飞吧!而辰石实站在原地脸上表情没有丝毫变化。

"想不到你会有这等程度的力量,看来异能的威力多少会受感情影响啊!"

辰石实轻轻抬起一只手,那些迎面冲来的器物在几乎要撞到他时突然全部停下,而且还都缓缓地落了地。

"怎么?快动!快动!"

"笨蛋!你身为异能者却不严格训练,根本不可能取胜!"

幸次那暴风般横扫整个房间的异能已归于平静。其实幸次心中的怒火没有丝毫平息,只是不能像刚才那样超水平爆发了。

"混账!怎么……怎么会?"

为什么自己会如此无能呢?自己总是很了不起地说要保护美世,可关键时刻却因实力不足而派不上任何用场。自己简直就是个自吹自擂的黄口小儿!

幸次心有不甘却也无计可施,愤恨的泪水夺眶而出。

随后,幸次被父亲反拧胳膊按倒在地,失去反抗能力后,又遭其用异能术紧紧捆绑,监禁在自己房间里。

美世遭父亲的手下劫持,现在应该已经被送到斋森家了吧。

幸次无能为力。明知她深陷险境,却无法摆脱父亲的禁闭不能前去营救。其实从一开始自己就不该有这种模棱两可的态度。

是太善良?不对!是优柔寡断、胆小怕事,是不能坚持己见,是在事情发展至目前这无可挽回的境地之前毫无作为。

"我就是个混蛋……"

应该更早地做出选择的!想保护美世,就应该付出相应的努力!事到如今后悔也来不及了。身为异能者却一直没怎么专心学艺的幸次根本没有去闯斋森家的能力,即便能去,也只会重复同样的窘境。

正在此时,本应锁死的房门突然开了。

"这么看来,你是彻底放弃了?"

嘴里说着风凉话,连讽带刺地出现在面前的是幸次的哥哥。看到哥哥这副游手好闲浪荡公子的模样,幸次就气不打一处来。

"决不放弃！我要去救美世！"

看着咬牙切齿信誓旦旦的幸次，哥哥一脸诡异地笑起来。而且，不知他从哪儿学来的技艺，他竟轻而易举地解开了父亲对幸次的束缚。

"……你怎么有这能力……"

"有闲工夫惦记这些屁事，不如快点去救人好吧？"

背对笑得令人恼火的哥哥，幸次略一点头猛地冲出房间。

"马上就到！事已至此，再怎么着急也没用，辰石幸次。"清霞开着车用不带一丝感情的声音对坐在副驾驶座位上的幸次教训道。

"您可真沉得住气啊！也不知道您的未婚妻现在是个什么情况！"幸次毫不客气地反唇相讥。

侧面看去，正在开车的清霞极其冷静，从他那绷得紧紧的脸上完全看不出他会担心已被劫持的未婚妻。

不愧为久堂清霞，无可挑剔！在他身上一点也找不出能算得上缺点的地方。当然幸次也不敢跟他比。虽然同为男人同为异能者，但幸次这样的根本就没有资格同清霞相提并论，而且他无论怎样努力都不可能追上清霞。

可是，将美世托付给这样一个男人真的没问题吗？首先，他对美世了解多少呢？他了解美世的悲痛、孤独及内心的创伤吗？现在随自己去救她，也只是做个样子吧！

要是这家伙抛弃美世的话……到时候就杀死美世,当然自己也会去陪她。幸次一直都这么想,可能只有这样才能给予美世最切实的安宁。虽然这种想法很自私,但他已想不出其他办法了。

不过仅在片刻之后,幸次就明白过来,空有一心赴死的觉悟毫无用处。

美世苏醒过来,感觉浑浊又略带霉味的空气刺激着鼻腔。

这个昏暗的地方在室内。不知哪儿有点光源,虽说没暗到眼睛适应后还什么也看不清的程度,但因看不到外面,连判断是白天还是晚上都有难度。

美世被胡乱地推倒在布满灰尘的木地板上,双手被绳子捆住不能自由活动,她稍微费了点劲才直起身子。

这是哪儿?美世害怕极了。环顾四周,她感觉这地方有点儿面熟,那段极为可怕的记忆忽地涌入脑海了。

狭窄局促空空荡荡的空间,冰冷潮湿令人胆寒的空气。

没错!这就是美世小时候在斋森家被关禁闭的那个仓库。

其实哪家的仓库构造都很相近,眼前没有丝毫确凿的证据能证明这就是斋森家的仓库。但仓库内跟过去完全一样的布局,令美世确信这就是那个仓库。

虽然具体原因还不得而知,但美世无法断言继母或香耶不会参与到劫持、禁闭自己的暴行中来。她们蔑视、厌恶、憎恨自己的心思由来已久且根深蒂固,一旦找到什么借口,类似这种勾当她们绝对做得出来。

认清当前形势后,美世对即将发生的事情的恐惧及对清霞和百合江的歉意一并涌上心头。

百合江现在肯定已经告知了清霞自己被劫持的情况。他必然会来搭救自己,那会给他添多少麻烦啊!美世歉疚得眼泪都要掉下来了。

她心跳加速,扑通扑通的声音在耳中乱作一团。

此时此刻,继母或香耶来了该怎么办?在这个家里再次与她俩面对面时自己会被怎样对待?难以想象。这使她心中的恐惧愈发加重了。

美世甚至感觉自己在远离家门有了能够安心生活的居所后,不但没稍稍坚强起来,反而因备受宠爱而越发缺少忍耐力。如果又在她们娘俩面前哭出来,那得遭受什么样的嘲笑啊!

美世打定主意站起身来,开始拼命地撞击仓库门。

说不定用自己比以前长大了点的身体能从内侧撞开仓库门,美世心里燃起了一丝希望。

可仓库门纹丝不动。上了闩的门靠身体撞击当然是开不了的。

除了这扇门,也没有其他能够逃脱的出口。高处倒是有个小窗,可很难爬上去,而且从大小上看,也不可能钻得出去。再怎么不死心也没有脱身之道,那心情简直就像等待定罪判决时刻到来的囚犯,美世一屁股坐在地上,这时她听到外面传来一阵声响。

"……"

美世身子发僵,慢慢渗出了冷汗。她下意识地屏住呼吸,目不转睛地盯着发出沉闷的声响、被缓缓打开的仓库门。

"哎呀,姐姐大人已经醒啦?"

到底来了。美世的肩头条件反射般地哆嗦了一下。

命令用人打开厚重的仓库门,背衬着日影西斜的天空,慢慢走到仓库门前的正是香耶。

遗传自其母的漂亮脸蛋儿,穿着时下流行、色彩艳丽的和服的身姿,清澈响亮的嗓音,分毫不差一如既往,还是那个香耶,但此时她眼睛里流露出一种更加邪恶暴烈的东西。

"因为您像是很难醒过来的样子嘛,我还在想姐姐大人的心跳会不会一下子就停了呢!"

奇怪的是,从她笑着的表情中看不到以前那种明目张胆肆无忌惮的傲慢,反而像是心不在焉或焦躁得无法保持镇定。

"……把我绑到这里……你要怎样?"

恐惧与紧张令美世气都喘不匀了,更不像话的是,自己发出的声音甚至还在颤抖。

香耶望着双手被缚坐倒在地全身沾满灰尘不断瑟瑟发抖的

美世,笑意更浓了。

"活该您这副模样啊!姐姐大人完全配不上这身漂亮的衣服嘛,还是弄脏点更合适!"

"……"

美世一时间竟无言以对,因为这其实一直也是她内心某个角落的所思所想。她害怕清霞给自己买贵重的东西,最根本的原因是觉得自己配不上它们。

美世低下头,突然有人径直冲到她的近旁。

"啪"的一声,一侧脸上挨了一记猛烈的冲击,美世发出一声短促的尖叫蜷缩在地。

"都怪你!"

这是继母的叫声。自己像是被她用扇子打倒了。

继母在自己头顶上哇哇喊叫的说辞美世早已耳熟能详,总之就是把所有的责任都推到自己头上,以前她就一直反复唠叨这些。

"因为你,我的日子又变得乱七八糟啦!"

"……"

一瞬间,道歉的话又到了嘴边,可这次美世把它咽了回去。

"我把你养这么大,你却不知道念恩,一嫁出去反倒恩将仇报了,真是可恶至极!"

"……"

美世本欲辩解那是没影的事,可看到继母凶神恶煞的模样便什么也说不出来了。说什么都没用,她一直就是这样。

"真可恶!你就该乖乖地干用人干的那些营生!去了什么久堂家就不知天高地厚了……"

香乃子抬脚踢向仍倒在地上动弹不得的美世。

"好痛……"

侧腹及肩头被她猛踹几下后,那脚总算收回去了,可凌乱的头发又被她猛地揪住,脑袋也被硬生生地拽了起来。香耶和香乃子那急不可待的表情,双双出现在美世眼前。

"你就别做久堂大人的未婚妻了!"

"什么?"

从继母口中蹦出的这句话,让美世瞬间愣住了。

"对呀,姐姐大人!您做久堂大人的夫人负担太重,跟我换换吧?"

香耶也像是要证明她的存在似的探过身来。

美世用仅存的冷静总算理解了她们要说的意思。

想来她俩无论如何都接受不了被她们瞧不起的美世在久堂家过得顺风顺水。虽说还没结婚尚不足为道,但出现与其预期相反的结果这一事实本身,就是最令她们焦躁不安的。

"你这不知深浅的丫头,死在外头才好呢!"

"……啊!"

被揪起的头发扯得头皮生疼,一开始被打的那半边脸也热辣辣地一阵阵刺痛,口腔内还有微微的血腥味……嘴角好像也

破了。

"怎样?你去跟久堂大人说,你不答应这门婚事!能求他买这么贵的衣服,求他取消婚事也很简单吧!"

"放心吧,姐姐大人!在那之后我会跟久堂大人订婚,这样就可以把幸次君还给姐姐大人啦!"

"……"

在这里放下一切念想肯定非常简单。

为让风暴早一点过去,东西被抢走也不敢有丝毫怨言。因为这能使自己活下来,这样最轻松。如果因执着于什么导致苦难伤痛加长加剧的话,可就不得了了。

现在同样如此。赶紧服软,将清霞未婚妻之位让给她,只消一句话自己就能获得解脱。然后再像用人那样,将内心严严实实地遮掩起来,独自一人什么活儿都干,心甘情愿地接受卑微的地位,这样活着才会平安无事。以前她就这么想过,但是……

"……不!"

"啊?说什么?"

"决……不!"

美世想的是,决不能让给她!那个家、那个人,决不能舍弃!

虽说母亲的遗物被抢走后,不久,她便不再计较,但清霞不同!美世想一直留在那个人的身边,不想把他让给任何人!

"我决不会……那样求他!"

美世忍住疼痛,直视着她俩,目光不再闪烁,也不再把脸转向一边。

美世如此坚决的态度更令继母怒不可遏,她使劲揪住美世的头发,猛地将她拽过来,又用扇子使劲拍打她。

"还敢顶嘴!"

美世倒地时肩膀被撞得疼痛难当,但她咬紧牙关拼命忍住。

"想想你的身份!你这废物!你跟香耶不一样!你没有见鬼之才,也没有一丁点儿长处!让你这有辱家门的东西做久堂大人的媳妇,从一开始就全乱了!"

"姐姐大人呀!凭什么不嘛?这不挺好嘛?斋森这个家,还有幸次君都是您的啦!姐姐大人一直就想要这些吧?"

"我……"

无论她们说什么,都不能改变自己的心意。

美世将胆怯、恐惧全部囫囵吞下,隐藏进心底深处。美世直直地怒视着继母与异母妹妹叫道:"我才是老爷的……我才是久堂清霞的未婚妻,这个身份我绝对不让出去!"

听到美世的叫声,香乃子气得满脸通红,她又高高地扬起手。

"到了!"

不知不觉间,清霞已将车停在斋森家门前。幸次急忙跟着清霞下了车,两人并肩仰脸看着那扇大门。

　　日头已经西斜,天空乌云笼罩,周围更显昏暗。在这样的环境中,紧紧关闭着的古旧大门反倒散发出一种奇异的存在感。

　　"怎么办?像平常那样叫门,他们会假装听不见吧?"

　　"没问题!"清霞毫不迟疑直截了当地答道。

　　与此同时,清霞一只手举过头顶,刹那间,轰响震耳闪光夺目。

　　"啊!"

　　幸次感觉像有一声惊雷将要落在身边……

　　不,早就落下了。

　　首先是嗅觉,他嗅到木头燃烧的焦煳味儿。接着,出现短暂麻痹的视觉也恢复了,已化成黑炭、破裂脱落下来的"本来是门的东西"映入眼帘。

　　真是威力惊人的异能。这是能操控雷电的异能吗?幸次听说过,却没想到如此厉害……这显然超出了他的想象。

　　"走!"

　　"啊……啊啊,好的好的!"

　　可能被吓坏了,生出一丝畏惧的幸次慌忙跟了过去。

　　这时,幸次在他回眸一瞥的眼睛深处看到一团熊熊怒火,清霞那微闪绿光的浅色瞳仁简直就像在炽热地燃烧——让人造成这种错觉的显然就是他散发出的浓重而强烈的怒气。

　　他被激怒了?幸次还以为他一直面无表情是因为他对美世被劫持不抱任何情感,声音低沉平缓则证明他就是个极其冷血之人。

跟在清霞身后的幸次本想问他一句,但最终还是闭紧了嘴巴。此时此刻问什么都没有意义,反正他也不会回答,直接跟进去就好,反正答案总会揭晓。

幸次把各种问题都咽进肚里,加快脚步跟在清霞身后。

毁掉正门时那大得惊人的轰响与冲击显然使斋森家的人产生了极大的恐惧。用人们就不用说了,就连一家之主的斋森真一在检查过烧毁的门后都惊愕不已,回过神来后一时间竟不知该如何应对。这样一来,没有一个人敢对在院里旁若无人昂首阔步的清霞与幸次说个不字。

到底还是真一最先恢复正常,他狼狈地招呼清霞道:"久堂大人!且慢,这究竟是……"

"美世何在?斋森大人!"

"啊!"

真一倒吸一口冷气,瞬间面如土色,那真是几乎要晕厥的面色,他冷汗也不住地往下淌。

"美……美世……那孩子啊……"

"美世那孩子不会再回久堂家了!"

打断真一说话的是从后面慢慢走出来的辰石实。

"父亲!你这人真是……"

幸次勃然大怒,猛地向前踏出一步,清霞制止住他。

"问你呢!我未婚妻在哪儿?"

"问了又如何？美世说了，不会再见你，不会再回去！"

"她本人的意愿我要问她本人，你不说的话，闪开！"

清霞与辰石实怒目相视，两人都寸步不让。

幸次虽已与父亲处于敌对状态，但也不得不佩服父亲的胆量，佩服他真敢跟已将令人胆战的怒火迸发出来的清霞怒目相视。同时，幸次也由此意识到父亲有多么迫切地想得到美世。

"本人拒绝！你们要硬闯的话，我决不会忍气吞声，本人要向上通报私邸遭受不法入侵！"

"悉听尊便！我动武也要过去！"

说出这番话的清霞其实没做任何动作。既没拔出腰间佩带的军刀，也没有施展异能的迹象，他只是散发出骇人的杀气缓缓地一步步走向前去。

着急的是真一与辰石实。他们当然不能让他就这么长驱直入，他俩当即设禁试图挡住其去路，可惜已经挡不住了。

被誉为当代最强的异能者的清霞，没做出任何特别的动作，只是一步步地逼近他们。即便如此，有过实战经验的辰石实与真一的异能术，就像纸片被一张张撕裂般毫无悬念地遭到破解。

实际上，对于跟清霞交手的两位父亲来说，"可怕"这样的轻描淡写，根本反映不出他们此时的心境。

这是对压倒性的强者的恐惧。就连只是跟在他身后的幸次，脸上都失去了血色。

"……不愧为久堂家当主……"

此时清霞已走到辰石实与真一两位异能者跟前,被逼无奈的他俩各自使出了另外的招数。

直击过来的辰石实被清霞抓住胳膊顺势扔了出去,后退半步的真一试图正面阻挡清霞锐利的目光,结果身子一软一屁股瘫坐下去。

连对战都算不上。

岂止是大人和孩子间的差距,实力如此悬殊,简直就是大人与婴儿间的差距。

这怎么可能……真一与辰石实惊恐万分。

同为异能者,都有过出征经验,竟然有如此大的差距?事到如今幸次连羡慕的心思都没了,任何阻碍都被轻易击溃,清霞那摧枯拉朽的强大,使其在幸次眼中几乎真成了传说中那个冷酷无情的魔神。能如此为自己壮胆的友军可不多见。

幸次瞥了一眼倒伏在地的自己的父亲及发小的父亲,感觉极度尴尬,便赶紧随清霞进了他已十分熟悉的斋森府邸。

宅院很大,为木结构平房建筑,中间环绕着长长的走廊。不管经过哪条走廊,都能欣赏到精致小巧的日式庭园,也就是说斋森家在府邸中设计建造了多个小规模的中庭,当然也包括后院。有评论家认为,如此构造精美的宅院非常值得一看。

"辰石幸次,美世最可能在哪儿?有线索吗?"走在前面的清霞头也不回地问,幸次慌忙在脑袋里罗列出几种可能。

"在美世曾住过的用人专用房间?……啊,不对!"如果考虑到香耶或香乃子可能在美世身边,那就不会有这种选择,因为她们根本不会主动靠近用人的房间。那在美世以前住的房间?不,那个房间应该就在美世生母住过的房间隔壁,香乃子的抵触情绪极大。

这座宅院本来就很有年头了,几乎没有适合关押一个人并被完全隔离的空间,但如果有禁闭室的话就另当别论了……

"啊……说不定在后院的仓库!"

"后院?"

"对,后院有个几乎不用的旧仓库,莫非在那儿?"

那个仓库也能从外面上锁,幸次越琢磨越觉得只能在那儿。

清霞一点头,看来他也认同。

"带路!"

"遵命!"

"啊!慢!身后!"

幸次猛一回头,只见一团火焰已打着旋儿迫近面前。

怎么?

异能之火,这是父亲拥有的异能之一。像是拼着老命追杀过来的父亲站在火团的后面。

幸次只能呆呆地望着已能感受到其热度的火焰,完全来不及反应,或者说,就算他来得及反应也根本抵挡不住。

"在这种地方玩火,你得愚蠢到何种地步啊!"

清霞厌烦地嘟囔着,同时将展开的不可见墙壁挡在了幸次与火团之间。

"屏蔽……"

刚刚松口气的瞬间,撞击到屏蔽墙上左右散开的火焰点燃了拉门,就势四散迸射的火星子甚至蔓延到院子里的草木中一并烧了起来。

"闯大祸了……"

幸次小声嘀咕着,他都想把自己的眼睛蒙上了。

辰石实执念的烈火,像要把一切都烧光似的一步步向周围吞噬开去。木结构建筑中,放出这种程度的火焰会怎样?连小孩子都心知肚明。幸次正在愕然,伴随着一阵什么东西爆裂开的声响,辰石实应声倒地。

一种难以言表的感情,盘绕在幸次胸中。如果清霞不做防范,幸次必死无疑。也就是说,这位父亲并不介意烧死自己的儿子啊!

"只是让他稍微触电昏厥而已。快!再磨蹭火要烧过来了!"

幸次他们的目标是救回美世,而非跟这两位父亲决一高下,更不是来灭火的。

幸次现已在事实上跟父亲断绝了关系,他该换个身份继续前行了。

就是从这时候起,幸次彻底离开了父亲。

突然,巨大的轰鸣与冲击回荡在斋森府邸中。

当然也传进了稍远处的仓库里。

"刚才是什么在响?"

继母与异母妹妹面现惊恐。因两人的注意力转到了别处,揪着美世头发的手松了劲,美世膝下一软瘫倒在地。

"去看看!"香乃子无声地对候在一旁的用人命令道。

那个声音听起来相当遥远。美世已经意识模糊了。

遭重击的肩头已麻木到胳膊,完全失去了感觉。脸颊被殴打时受到强烈冲击,随着时间推移,脑袋里也像弥漫着烟雾一般迷迷糊糊的。

"你这臭丫头搞了什么鬼?"

继母对美世的称呼已从"你"变成了"你这臭丫头",就这么个无关紧要的细节也在美世头脑中的某个角落一闪而过。

"我……"

"搞了什么鬼"是什么意思?被捆绑被禁闭在这里的自己,还能搞什么鬼啊?

"妈!快让姐姐……"

"妈知道!快说!你拒绝跟久堂家的这门婚事!"

继母的声音还是很模糊。

"决……不!"

脑袋已经迟钝得几乎停止思考,可即便如此,美世仍一直坚持说"不"。

决不能点头。美世心中只有这一个念头,就是这个念头在支撑着她,让她始终坚持着以前绝不可能采取的反抗态度。

"够啦!早就说你是个不知好歹的东西嘛!"

面红耳赤怒气冲天的香乃子下意识地将惨白的双手按在美世脖子上。

美世脑海里,"死"这个字浮浮沉沉,竟感觉不到痛苦。可如果一直这样被不断勒紧的话,死亡迟早会来临吧!啊!说起来,自己以前就一直期盼着命尽时刻的到来啊!

早已厌倦了悲苦交加自我欺骗式的生活,栖身之所自己似乎从来就不曾有过。

不对!栖身之所,自己有过!就在他的身边!

"决……不!"

美世的话令香耶更加急火攻心面目狰狞,而香乃子则在手上加重了力道。

老爷,我决不屈服!连道歉都不说!

我不想离开老爷,我还不想死……

"老爷……"

"美世!"

美世听到昏暗的仓库里有声音在呼唤自己,这是自己一直一直在等待的最想听到的声音。

"久堂……大人?"

瞠目结舌愕然不已的继母松开手,美世又软软地倒在地上。

"美世!"

清霞旁若无人地跑向美世,解开绳索,抱起她伤痕累累的身体。

啊,真的来了!他真为自己专程跑到这种地方来了。

美世虽然泪眼模糊、咳声不止,却也彻底放下心来。

她当然不会怀疑清霞,美世坚信温柔体贴的他绝对会来救自己,他就是那样的人。

"老爷……"

"好了,没事了!"

美世痛苦不堪、几乎要哭出来的模样莫非是因为自己看到她脸上惨不忍睹的伤痕才显露出来的?如果是这样,那真对不起,看到你难看的样子了。

但这绝不是什么耻辱的伤痕,而是美世第一次不屈从于无理要求而留下的绝对值得骄傲的勋章,也是美世第一次对家人坚持自己意愿的明证!

清霞小心翼翼地抱起在自己臂弯中双目紧闭昏迷不醒的未婚妻。尽管身上穿着有相当重量的和服,可他感觉她的身体更轻了。可能因为被殴打过,她的面颊上布满一道道伤痕,清霞甚至不敢碰一碰她。而制造这一切的两个元凶就在眼前。

"……伤成这样,你们做了什么?"

"……"

清霞平静地发问,而斋森夫人及其女儿却吓得双肩颤抖。

干出这么恶毒的事,不会还在想无须受到惩处就完事了吧? 看着她俩苍白的面孔,清霞震怒不已。

"把毫无抵抗能力的人伤成这样,你们想要我怎样?"

"这……"

香乃子无言以对,她像是心有不甘地一声不吭,而香耶似乎还没完全死心。

"不是我的错!"

香耶抬起头,瞪着清霞臂弯中的美世。

"我只想纠正错误而已!"

"错误?"

"对!久堂家能接受姐姐,绝对不正常!怎么想都不对!姐姐可什么都不会啊!没有见鬼之才,脑瓜不灵光,长相也不漂亮,就算当个用人也不好用!这种人什么都不做就爬到了我上面?绝对不正常,肯定哪儿搞错了!"

"……"

"父亲大人也好,母亲大人也罢,都说我最棒,都说我跟姐姐大不一样。这样的话,应当由我做久堂家当主的夫人才对!辰石阿叔也是这么跟我说的!"

香耶是真生气了。错的绝不是自己,她丝毫不怀疑这一点,她认为自己并非在反驳谁,而是在提出正确的主张。即便心里讨厌美世,那也绝非无缘无故的私人恩怨,而是自己理应拥有的权利遭到无视所导致的,她心里早就得出了这样的结论。

她是在被父母灌输的这种扭曲观念中长大的吧！她固然值得同情，但清霞的怒火并没有因此平息下来，他也并不想因此就原谅一切。

"久堂大人，我肯定比姐姐更有用。在所有方面，我都更优秀，所以嘛……"

"闭嘴！"

"什么！"

被冰冷可怖的目光紧盯着的香耶确实觉出怕了，她把后面的话咽了下去。

清霞实在听不下去这些小儿戏言了。不分青红皂白，只觉得自身行为正当，这更加恶劣。

"再听你废话就是浪费时间了！"

"凭什么！凭什么呀？您不明白吗？太过分啦！"

还有哪张嘴能说出这么过分的话？清霞气得连指责她的心思都没了。

更要紧的是，宅院那边的火烧到眼前只是时间问题，所以根本没必要在这里继续这些无意义的辩论。

"夫人、香耶小姐，起火啦！火要烧过来啦！"

正在这时，像是被打发去查看情况的用人慌里慌张地跑了回来。

闻听此言，一直沉默不语的幸次走近香耶。

"香耶，这里不安全！香乃子夫人也快去外面避险吧！"

"……宅子……怎么会这样?"

宅院着火像是使香乃子遭受了相当严重的精神打击,她跌跌撞撞地冲出仓库,目睹被黑烟笼罩着的正房,大声尖叫起来。

"怎么……怎么会这样……我的家啊!"

清霞已不再顾及周围人等,他抱起美世正要从旧仓库里出来,衣襟却被香耶抓住使劲往后拽。

"别走呀,久堂大人!求您啦!"

真讨厌!清霞甩开香耶的手,目露杀气地瞪了她一眼。

"早就听够你这一文不值的自吹自擂了!什么脸蛋儿,什么才能,都可有可无!就算太阳从西边出来我也不会选你这傲慢无礼的女人!滚开!"

香耶吓得直往后退,清霞则头也不回地快步出了仓库。

幸次拦住了又下意识地向清霞的背影伸出手的未婚妻。

"我们也快去避险吧!"

"就不!凭什么呀!凭什么我要受他的气!"

"算了,快!"

"别碰我!"

幸次抓住她的胳膊,正想生拖硬拽也要将她拉出去的瞬间,香耶被激怒了。

"为什么会这样!我就是没错!"

"香耶!"

仓库外面,传来香乃子的喊叫声:"弄成现在这样,全怪那丫头!"

幸次心烦意乱。他长叹一声,硬生生地把香耶拽了出来。他不再理睬"不要啊!就不啊!"地吵闹着的未婚妻,决定把在外面直嚷嚷的香乃子也强制性带走。

"放开我!就不嘛!快松手!"

"别吵啦!"

"这算什么啊!幸次君不是喜欢姐姐吗?别管我,赶紧跑你的路就好嘛!"

幸次瞬间怒火中烧,自己何苦要救这样一个女人啊?幸次已心急气躁得无法自已,可他仍冷静了下来。

"啊,对!你说得没错,我的头等大事就是救美世!这理所当然嘛!可是啊,就算你这样的人没了命,美世还是会伤心的!那又会对她造成新的伤害!都是因为你、因为你们这家子人!"

自己不想再看到美世被这些垃圾一样的家人伤害到欲哭无泪的样子了。所以,幸次只能做点自己能做的事,即便是自己讨厌的人也要去救。因为这关系到美世内心世界的安稳与平静。

被一向温厚的未婚夫怒斥一顿后,香耶默默地低下了头。之后,直到从越烧越旺的府邸中逃脱,她都没再说一句话。

第五章　启程之人

还是那棵樱花树,美世身处梦中。

"妈妈!"

在斋森府邸院内挺立着的樱花树下,身穿樱花色和服的母亲正微笑着向美世招手。

像是忽然受到诱惑,美世向前迈出一步。接着,一步又一步地向前走去,可还是跟之前一样,她根本无法靠近母亲。

"妈妈,是我……"

美世想去妈妈那里,但欲言又止。

"美世!"

有人在叫美世的名字,她必须回应这声呼唤。

"妈妈,我们改日再见!"

美世转身离开了还在继续招手的母亲。

美世在久堂家自己已完全熟悉的房间里苏醒过来时,一切都已结束。

据医生的诊断,美世身上的伤基本上都是跌打伤,有几处很严重,医生要求她卧床静养几天。

在这期间,清霞总是很快结束工作亲自回来照料美世,这使得美世总觉得不胜惶恐又喜不自禁,心里老是七上八下的。

"美世小姐平安回来真是太好啦!"百合江为此一直在哭,哭得几乎都要脱水而亡了。可哭归哭,她还是一直照料着一直照料美世的清霞,真不愧为久堂家的得力用人。

另外,有关自家的最终状况,美世也零零星星地听到了一些。

"全烧了?"

"嗯。"

清霞表情僵硬。

"木结构建筑,加上院子多也招灾,就一转眼的工夫。"

辰石实的异能之火是扑不灭的,好在没人被烧死,算是不幸中的万幸。

"还有,你父母的处境……他们解雇了大半用人,搬到地方上的别邸去了。住那里,当然,过的肯定是与以前根本没法比的穷日子。说不定斋森家系会就此退出圈子,这就是本质上的没落了。"

"没落……"

美世没怎么领会这个词的意思,可能因为她之前也没得到过身处名门世家该有的什么好处吧!

"那香耶呢?"

"呃,给送到一户出了名的严格的人家做学徒去了,就她自己。她还年轻,稍稍经受些历练,多了解了解世间冷暖应该没坏处。"

她虽有见鬼之才,但因只会些雕虫小技并不具备其他异能,寄养在外应该也不会有危险。

看起来大家都有了着落,美世松了口气。

"那辰石家呢……"

"辰石实搞的那些勾当没有公开,虽然不会受法律制裁,但他也承担了全部责任,将当主的位子让给了长子辰石一志。新当主只能在久堂家的监督下进行有限的活动。这样,辰石家事实上已被收编到久堂家的麾下了。"

"是这样啊!"

当然,清霞不可能对害美世受伤、让美世吃了这么多不必要的苦头的他们网开一面。对他们每个人的处分都是清霞有意瞒着美世,像对待重罪犯人一样,通过严苛甚至恫吓式的谈判确定下来的。

地位、家产、奢华的生活完全被剥夺,简直就像蜕了层皮的他们能否过上正常的日子都很难说,但这些并非自己要担心的问题——清霞就是这么决绝。

就这样,几天时间转眼过去。

"身体还好吧?"

"是,没事了,又不是太重的伤……"

美世扶着清霞伸过来的手下了车,稍微有点多云的天空日光微弱,正值初夏时节,空气却有点凉。

现在,两人来到完全烧光了的斋森家。

听说明天就要开始善后处理,在那之前美世坚持要来看一眼。起初,清霞是不打算让美世再来这里的,他甚至有点不高兴,不过最后还是勉强答应了。

有件事,美世一定要亲自来这里核实。

"小心脚下!"

"是。"

生于斯长于斯的家园,已烧得面目全非,但好歹零零星星地剩下了几根柱子和几块基石。但原来的建筑布局已完全分辨不出,彻底化作了一片黑黑的焦土。

偌大的宅院被烧得不留一点痕迹,就连一直住在这里的人都说不出哪儿是什么房间了,不过美世对此并没有多大的伤感,仍然一直往里走,除了感到有点凄凉就再无其他了。

借助并不怎么可靠的记忆,他们直奔目标方位而去。

清霞默不作声地跟在一旁,留意着脚下避免美世摔倒,还时不时地搭手扶她一把。

美世要去的是斋森家众多庭院中最大的那个。

这里以前种着一棵樱花树。就是母亲那棵。

那棵树虽已枯死,残株还原封不动地留在那儿。说来也是,能看到这个院子的本来就只有母亲住过的房间。那也是美世小时候用过的房间,除了打扫卫生,已经很多年没人靠近,所以院子也没怎么得到保养,就这么一直荒废到今天。

当然,樱花树残株早已变成灰色,干巴巴的,丧失了生命力。

美世想起了熟睡时做的那个梦。

跟以前一样,身穿樱花色和服的母亲就在树下招手。因为她实在忘不了这一幕,所以决定来现场亲眼看一看。

原先灰色的樱花树残株虽已烧黑炭化,却仍在原地保持着原有的形状。

美世在残株旁蹲下,清霞也在她身边弯下腰。

"就是这棵?"

"是。这是妈妈嫁进来时栽下的樱花树。"

美世也很久没靠近这个院子了。虽然樱花树在她刚懂事时就已被砍掉,可它那惨状恰好与已逝去的母亲的诸多痕迹重合在了一起。

这使她更加孤独。

美世慢慢伸出手,用指尖轻轻抚摸残株。

长年来一直顽强地挺立在院中的这棵残株,此时却突然像沙子堆起的城堡一样,哗啦啦地完全破碎坍塌了。

就在这时。

"……"

刹那间,一阵针扎般的刺痛划过美世脑海,瞬间又消失无

踪。连叫出声的时间都没有，甚至比眨一下眼的时间都短的刹那间发生的这一状况，令美世自己都觉得可能只是自己的心理作用。

"有什么不对劲的地方？"

"啊，没什么……"

美世慌忙缩回指尖，并有点不知所措地握紧它。

肯定是因为身体还没恢复吧！美世自我安慰着站起身来。

"这就好了吗？"

"是。"

这样，母亲存在过的证据就只剩下美世这个人了。

不过，这就够了。母亲将美世叫到这个地方来，一定是因为樱花树的生命已经到了尽头，也一定是为了让美世继续前行。

今后要一直向前冲，尽管自己并不打算抛弃过去，可至少要在此做个了断再走向未来。

无须再纠结过去的幸福，因为美世已经有了获得新的幸福的方法。

穿过原来正门所在的位置来到街上，有张非常熟悉的面孔正在等着他们。

"……幸次君。"

听到美世叫自己，幸次耷拉着眉毛有点歉疚地笑了笑。

"美世，呃，好久不见……"

"是啊……"

除去前几天在斋森家的混乱时刻,最后一次见他,是美世在街上偶遇香耶的时候,距那时已过去了一个月。

而且因为那时两人并没说话,美世更觉得时间过了好久。

"身子,没事了?"

"还好,托您的福。"

"太好啦!……能说几句话吗?我留在这里的时间不多了,这可能是最后的机会。"

听清霞说自己能较早获救多亏幸次,美世也想为此向他道谢,所以他这提议正合美世心意,当然,如果清霞反对,就不能硬要聊什么了。

想到这里,美世抬头看了看身旁的未婚夫,他使劲叹了口气后点点头。

这应该算是同意了。

"知道了。"

"谢谢!那稍微走几步吧!"

两人走到不远处的树荫下,在低矮的石阶上并肩坐下。

小时候,他们经常这样在游戏间歇到这里休息。母亲去世后,即便在家里没了立足之地,美世也总想办法来这里,就是为了能与幸次共享这样的时光。

他能一直站在自己这边美世真的感激不尽。

"……幸次君,前些日子你能来救我,真是太感谢了!"

"哪里哪里,我倒是想这么说,可我什么忙也没帮啊!哦,是什么忙也没帮上。太可悲了,我只能去叫久堂兄……"

幸次耷拉着肩膀,一副垂头丧气的样子。

"没有的事,老爷都说了,多亏幸次君才能那么快把我救出来。"

"……他这么说了?那太好啦!"

美世本来想再说点什么鼓励他的话,转念一想还是算了吧。他肯定不想要美世这些空洞的鼓励。

"什么都做不成!我实在不甘心!我虽然有异能,但在实战中根本不够用,也就姑且算是血脉传承吧,其实我早已心灰意冷。以前我信誓旦旦地说要保护你,结果还是半途而废了。"

即便像他说的这样,能为自己努力的幸次也是支撑自己内心的重要的人。美世坚持这样认为。

没有幸次,就不会有任何人站在自己这边,当然也就没有此时此刻的自己。

"所以,可能你已经听久堂兄说了,我决定重新锤炼锤炼自己!"

心里像是一直窝着火的幸次说到这里,脸上突然熠熠生辉。

听说幸次即将动身前往旧都,作为异能者开始学艺。旧都那边还有许多势力庞大的异能者族群及与异能相关的事物,总之比帝都更适合发展异能。

虽说是去学艺,但他与香耶的婚约仍不会作废,斋森家下任当主的位置也照旧给他。清霞说,看他的成长势头,斋森家再次崛起亦有可能。

当然,因身陷丑闻而移居地方的结果,就是斋森家也远离了与异能相关的任务,这使斋森家的重建之路更是难上加难。未来会怎样将取决于幸次自身的决定。

美世或许没有能力具体帮上什么,但就算远在天边她也愿意为他打气助威。

"我要尽我最大努力学到最好!你……有久堂兄保护,我也要强大起来,在想保护我想保护的人的时候能够保护她!"

"好啊!"

就像美世决定要阔步向前一样,幸次也满怀希望地开始向前奋进了。

决不能失败!将来,为成为久堂家合格的媳妇,美世要做的事也是数不胜数。

暗暗下定决心后……

"呃,还有一件事……"

"什么?"

幸次像是难以启齿地挠着腮帮子说:"那天我说了一半的那句话……你还记得吗?"

那天?想必就是美世被命令与清霞结婚的那天。那天的事,历历在目。

"我对你……"

幸次要说什么呢？当时的美世既无心思考也无意追问，因为不知道自己的将来会怎样，不安与绝望让她根本无暇顾及别人的事情。

换作现在，不管他要说什么内容，美世肯定都会踏踏实实地听着。不过，可能幸次期望的并不是把那天没说完的话说出口。

所以，美世决定这次给幸次一个他想要的回答。

"呃，什么事啊？……对不起，我都忘了。"

"忘了？"

"嗯。呃，是很重要的事吗？"

"是这样啊！……不不不，没什么！一点儿都不重要！好啊，好啊！"

不停地点着头的幸次一脸轻松，像是畅快了许多。

如果他心中的那块石头落了地，对美世来说也是件值得高兴的事。

"这就回去吧！跟你聊太久，会被久堂兄骂的。"

"是。"

回到斋森家门前时，两人脸上都喜气洋洋的。

"我回来了！"清霞沉稳地笑着，将手贴在了边说边小跑着回到自己身边的美世头上。

"你像是过了一段很有意义的时光啊。"

"是，让您久等了，请谅解。"

"没什么。事情办完了就回去吧！"

美世又最后一次向幸次回过身来。

"幸次君,后会有期。"

"嗯,后会有期。"

美世向微笑着朝自己挥手的幸次微微一躬,也坐进车里。已经没什么牵挂了。幸次久久地目送着汽车渐行渐远。

终章

　　美世跟清霞正式签订婚约的手续极其简单,几乎只是在文件上写了个名字就结束了。据说只要不到结婚这一阶段,就不会有任何大的变化,所谓进入结婚准备期也就仅此而已。

　　美世的娘家,也就是斋森家,已是那种状况,就不安排聘礼了。

　　至于清霞的父母,他说"他们正在过隐居生活,不必叨扰"。虽说结婚前有必要去拜会一番,但因当主就是清霞,也就不那么需要他们的许可了。清霞联系过他们一次,只是告知他们不要再给自己提亲,别无他言。

　　对了,事情到了这时美世才刚刚知道,自己这门婚事其实是清霞的父亲——上任当主久堂正清——提出来的。

　　"我家长辈总是到处给我张罗婚事,一听说谁家有年龄条件差不多的姑娘,就打发媒人上门提亲。"

　　从清霞说这话时疲惫不堪暗淡无光的眼神中就能看出,此前他已经相当辛苦了。好在也不是碰上什么算什么,长辈也有长辈他们自己的基准。对此,美世并不了解详情。但有一点可以断言,恐怕清霞家的长辈听说的"妙龄女子",于斋森家而言并非美世,而是香耶吧!

斋森家能在上流社会中立足仰仗的是当今或过去的辉煌,这种家庭中连用人都不如的姑娘的信息,根本不会传进外人的耳朵。美世被送到清霞身边,完全是因为舍不得香耶离开家门的斋森真一考量上的失误。

听说的是香耶,实际上门的是自己,长辈们会不会大失所望一怒之下将自己轰出家门呢?

见美世如此担心,清霞哼了一声笑道:"要是那样的话,我也懒得跟他们争论什么,就直接拿他们当引火木炭一烧了之吧!"他竟说出这种狠话,这又让美世为清霞担心了。

"……现在已经坐上火车了吧?"办完各种手续,两人在街上信步而行时,清霞忽地喃喃自语道。

"是啊。"

今天是斋森夫妇移居地方别邸、香耶出发去当学徒的日子。

本可以去送行,但美世没去。她跟他们已经无话可说,当然就连帮忙搬家这样的关系也没了。

"我有点多事了吧!"

"老爷!"

"造成这么严重的后果,我也有责任。"

美世已经听说了,清霞欲以聘礼的名义对斋森家提供资金

援助,借此要求斋森一家向美世道歉。但美世不认为他多事。对美世来说,某种心理上的了断还是必要的。在离开斋森家时她曾想过自己与斋森家的关系算是断了一半,可斋森家并没这样想。

如果这种关系始终藕断丝连,终有一天,在街头相遇时美世还会遭受恶言恶语,继而再次引发她的自卑情结吧!每次都这样胆怯哭泣的话,永远不可能轻装前行。

切断与过去联系的行动绝对不可或缺。

"老爷为我做的一切,绝不是多事。"

"美世……"

"我很开心,非常开心!"

即便只是些微不足道的牵挂,只要有人在关心自己,她就感到无比幸福。只是自己早已忘了这些。让自己再次想起的,是清霞、是百合江,是这个家里发生的一切。

"美世。"

"是。"

两人面对面站住,清霞脸上表情稍显紧张,却非常认真。

他将美世的双手包进自己的两只手中紧紧握住。

"今后,恐怕还会辛苦你。当然,我会尽力留意着避免那种情况,可我毕竟是军人,有时候难免要赶赴残酷的战场。而且,我的性情也是……就算让我自己说也是很有问题的,很无趣吧?但我很想跟你在一起。"

"……"

"你愿意跟这么麻烦的男人结婚吗？"

两人被这门预期之外的婚事强行拉到了一起，看着语气诚恳像要重新面对这个问题的清霞，美世也满面笑意地说："我没觉得有什么麻烦。倒不如说，我才一直是个麻烦。老爷您才要想好，不会后悔吗？"

"当然不后悔！因为是我自己选择了你！"

"那太好啦！我还是个不懂事的小丫头呢，请您多多关照！"

街市上熙熙攘攘的人群中，并没有证人为他们俩对仅属于他们的将来做出的约定做证。不过，这就足够了，因为那些华而不实的做法并不适合他们。

"也要请你多多关照！"

两人相视一笑，同时迈步向他们温馨的小家走去。

后记

　　初次见面，我是颚木亚玖弥，感谢各位读者入手我的出道拙作。

　　后记这玩意儿我头一次写，一直犯愁不知写点儿什么好。首先想到的是自我介绍之类的，但又没什么值得特别介绍的东西……硬要说的话，关于这个笔名倒是想到了一点儿，可又担心会不会被读者们取笑"呀，下巴[a]！"。当然笔名并非有什么讲究，只是因为这个"颚"字的冲击力较强才选用它的。

　　基于这些原因，还是聊聊作品比较稳妥。

　　这部作品诞生的前提是我喜欢有关和风[b]的一切事物，有个奢望就是绝对要写个"和风世界观"的故事。那把这个故事写在哪个时代里呢？构思时，最吸引我的就是明治、大正时代。这两个时代的日本比起现代日本当然做什么都不方便，加上我对历史又不精通，写作中的辛苦显而易见。不过，这两个时代

---

① 下巴：作者姓名中的"颚"字在日文中有"下巴"的意思。
② 和风：日式或日本风格。

独有的日本文化与西洋文化虽已水乳交融却还没彻底融合的不完整性，以及人与物独特的华美都非常有魅力，几乎让我当场拍了板。

话虽如此，相比以明治、大正为舞台的爱情故事，我更想写一写加入了我最喜欢的魔幻素材的世界……于是，构思里就有了异能这一设定，更有了异能者清霞及出身异能世家却不能使用异能的美世。不出所料，写作中有关反映时代背景的描写十分令人头疼，不过，写写生活在那里的他们的样貌倒也非常有趣。

这本几乎百分之百地用我的诸多喜好构建而成的拙作，得到许多读者的支持才得以顺利出版。"一生中至少该出版一本自己写的书吧……"实在没想到，这个模糊而遥远的梦想这么早就能实现，所以直到现在我还觉得难以置信。不管怎么说，花了大量时间费尽千辛万苦写成的拙作能得到读者们的厚爱，便是我最大的喜悦。

另外，拙作的漫画版作品已由史克威尔艾尼克斯公司的《ガンガン ONLINE》①连载。漫画作者高坂丽灯老师将拙作画得细致入微通俗易懂，也请读者们多多支持漫画作品！

最后，要感谢出版拙作时付出了诸多努力、给予我极大关照的责任编辑对第一次参与出版工作、完全是个门外汉的我的

---

① 史克威尔艾尼克斯公司创建的线上期刊。

耐心指导。

还有绘制封面插图的月冈月穗老师,感谢您精美的插图作品。有了插图,相信拙作的世界观会得到进一步的拓展与传播。

更要感谢网上一直支持我的读者朋友及读此后记的各位人士,正是有了诸位的支持,才得以成就现在的这部作品。真心感谢各位读者执此拙作有始有终。

真诚期待有缘再会。

颚木亚玖弥